如果有人問我 世界是什麼形狀

張讓

目次

自序
只因為喜歡

美好的事值得重複，好書值得重讀。

義大利作家普里莫．列維（Primo Levi）說過：「過了六十歲開始厭倦追逐新書，寧可回頭讀老書。」似乎到了中年以後，我在追逐新書同時也回頭讀老書。

這本集子收了近幾年談閱讀和寫作的文字，主要是閱讀，尤其是重讀。

越年長越發現，人其實很鈍，大多事麻木不覺，很難有所長進，偏又自以為聰明過人，什麼都知道。等到半生過後，一本書讚歎了無數遍才忽然錯愕：當年究竟讀到了什麼？可惜時日久遠，舊時那個你隔著記憶迷霧看不清，這時節硬要逼壓出年輕時看懂了什麼實在做不到。證據薄弱，然無論如何你相信必定有所體悟，不管是不是幼稚可笑。因為回看走過的路，不是石板瀝青，而是一本又一本寶貴的書鋪出來的。

其實想要寫這樣一本書很久了，甚至要寫哪些作者名單都開好了（後來越添越長）。但懶散加貪心，逃不脫花間蝶東沾一點西沾一點的惡習，總沒法做到。多是零星片段，夾藏在某篇文字當中，也可能自成一篇，收入這本那本散文集裡。

《我這樣的嫖書客》似乎理當是這樣一本書，可惜不是（這書名無疑有誤導之嫌），而是散漫蕪雜如我大多文集。相對，更早的《和閱讀跳探戈》（二〇〇三年）便結結實實談看書，不過因為是副刊專欄結集，格式固定，感覺可能比較呆板一點。

這本遲來的書無人逼稿，絕多是自願自發，出於喜歡而寫。長短形式不拘，愛怎麼玩便怎麼玩，寫些偏愛的書和作者。這種文字以前也寫過，像〈又再來到迪巴扎〉、

〈從終點開始〉、〈不全是孟若手記〉，已經收入二〇一五年的《有一種謠傳》。這裡寫的是另外一些鍾愛的詩人、小說家、哲學家、科學家和畫家。

有人年年重讀《紅樓夢》，有人年年重讀《追憶逝水年華》。

我沒有固定重讀某書的習慣，都是一時興起，忽然想起了哪個心愛作者哪本好書，從書架上找到抽出打開，滋滋讀將起來。這裡重讀的書大多屬於這類，只有一篇例外：寫英國作家裴娜樂琵．費茲傑羅（Penelope Fitzgerald）的〈不然怎麼能夠承受〉。因為實在喜歡，許多年來不時在文字裡提到她，但一鱗半爪難以展現全貌，一直想好好寫篇深入介紹，終於動手實行，有了這篇。

〈最接近天堂的地方〉，整篇基本上是給〈你必須走一條孤獨的路〉作注，完全是天上掉下來的。寫時興烘烘，疑心自己是不是發狂了。起初篇名就叫〈你必須走一條孤獨的路注〉，後來嫌長，才從文裡抓了「最接近天堂的地方」出來充數。整理書稿時在網上發現這名已有許多人用過，很想改成〈時間是做什麼用的〉〈更貼切，「天堂」兩字宗教味重本來就有點不喜），最後沒改——就給它一個起手無回吧。

不過自相矛盾的，〈如果有人問我世界是什麼形狀〉在《中國時報．人間副刊》發表時原名〈又再成了陌生人〉，整理書稿見已有一篇〈再〉，不久出現〈又再——〉實在刺眼，畢竟改了。

〈旅行回來以後〉，寫了好幾年，刪刪改改怎麼都無法滿意，覺得這樣告白對他人是無用的廢話，對自己則是觸目驚心的老實話，似乎沒有公開的必要。折騰到勉強可以接受，又擺在檔案裡將近半年，才終於在交書稿前寄給了一個副刊主編。

〈你必須走一條孤獨的路〉自琦君開始，從當年喜歡但微帶輕視，到現在自嘆不如，做了一百八十度逆轉。不禁自問：這彎是怎麼轉過來的？對每個喜歡的作者都會轉這樣的彎嗎？

許多喜愛的作家我始終如一，尤其是年長以後才接觸的。但像尼采、卡繆都年輕時就相識，到現在仍舊「忠心耿耿」，只是領略的程度不一樣了。從驚豔到理解到吸收，需要時間，也許很多年。而像楊牧，當年鍾愛傾倒乃至模仿學習，如〈在兩端之間奔跑〉中提到的。後來開始覺得他拘在一個簽名腔裡重複（這時突然一顫：自己呢？不敢再往下想），漸漸疏遠了。最終告別另走自己的路，不能不感謝他這道適時美好的橋。近年來偶爾翻他的書，仍為他的文字和感思驚喜，只差潛進去如往昔般細細品味。

附錄的幾篇，覺得需要交代一下。

〈在兩端之間奔跑〉原是我在東海大學二〇一三年世紀末文學會議的演講，剖述自己在寫作上的追逐和困境，正應合這書內容所以收進來。但因是演講稿，有點格格不入，本想改寫成散文，篇名一併換新。細想以後勸自己：任它去吧，保留原狀存真。改而放在附錄裡。

〈沒一件事情是單純的〉是艾莉絲．孟若獲諾貝爾文學獎以後應報章邀約而寫，〈與K散步〉則是應出版社之邀而寫。兩篇都不甚滿意，在抽出與收入間猶疑了很久，最後出於一點私心理由保留了，但放逐到附錄裡。且看作是寫作紀錄，聊作未來參考之用。

整理書稿這樣一肚子念頭，反反又覆覆，以前似乎沒有過。忽而想要改寫過去，轉頭又想丟出窗外，甚至因為給〈你必須走一條孤獨的路〉作注，覺得其他很多篇也最好加注，有太多趣味枝節可以增添（作注這事好像會上癮），簡直沒完沒了。

寫這篇序也是，想得太多，似乎總有更多東西可以補充解說。

罷，還是就此打住。

此外不需多做說明，如果不太失敗，每篇應打開一個世界。這裡只想說：談心愛的作家心愛的書，是多愉快的事。更何況可以重複，一次又一次。

她有一座山

水是白的，清澈到無形。

這樣澄淨的水是想像不出來的，必須親眼看見。一旦離開了，記憶便無法重現那分明亮，必須一再回去看才知道。

心靈沒法帶走山所能給予的一切，也沒法總是相信它所帶走的竟而可能。

這些幾近詩的句子不是我的，而是出自蘇格蘭作家南·薛帕德（Nan Sherpard）的《活生生的山：頌讚肯弓山》（*The Living Mountain*），寫她一生遊走肯弓山（Cairngorm）的所見所思。是那種難得一見，讀了一次不夠，需要一讀再讀的雋品。

肯弓山座落蘇格蘭東北，英國作家羅伯特．麥克法倫形容它是：「英國的北極，原比阿爾卑斯山還高，經過億億萬萬年風雨侵蝕冰雪雕鑿，磨成了鯨背似的矮丘和斷裂的懸崖。」

以第一人稱來寫，但南的「我」不是一般大寫的，將自己強加在外物之上的我，而是小寫的，環繞景物映照，有如一池清水。也就是「我」雖無所不在，用心只在呈現外在，而不是「我」本身。這樣文字不強調自我，強調的是我和山的關係。大多文字，不管是小說非小說，多著重描述人與人間的關係。像《活生生的山》這樣凝神注目一座山，學習怎樣去觀看感知，是少數。

怎麼形容這本書呢？它不是遊記，不是回憶錄，不是自然書寫，也不是詩不是哲學。或許可說是山的冥想，但也不盡然。因為南並不是知性地理解肯弓山，而是通過全身上下裡外去感受——高度、硬度、深度、冷熱、乾濕、明暗、顏色、氣味，種種。她不只是置身山中，而是形神內外整個人浸透在山裡，人化入了山，山化入了人。

書分十二章，從標題便可窺知內容：水、霜和雪、空氣和光、生命、睡眠、官感、存在等。第一章〈高原〉這樣開始：「高原上的夏可以是美味如蜂蜜，也可以是激烈的折磨。對愛山人來說兩者都是好的，因為都是山的本質。我到這裡追求的就是山的本質。為了知曉……」設下全書樸實真摯而又深刻的基調。對她來說，山的種種便是生命的過程。

南的一生（一八九三—一九八一）似乎平凡又不尋常，她在大學當講師，住在肯弓山腳，曾遊歷世界各處，但肯弓山才是她經常踩踏的後花園。早年曾一口氣，六年間出了三本現代派的長篇小說和一冊詩集《在肯弓山中》（*In the Cairngorms*），然後沉默四十三年。在一封給作家朋友的信裡提到自己「犯了喑啞症」，文字流不出來了。二次世界大戰末期寫了《活生生的山》，封在抽屜裡四十年，最後才在一九七七年出版。

她本質上是個詩人，心目中詩高於一切文類，《在肯弓山中》是她最引以為傲的作品。從《活生生的山》可見她文字嚴謹，絕不廢話。像這樣自我要求嚴苛的作家，我們只願她多寫一點。現代作家流行多產，似乎越多越好。這種盛產作家總給我種恐怖感，像美國當代作家喬哀思．卡洛．歐慈（Joyce Carol Oates），著作之豐簡直駭人，有如犯了寫作狂。相對，也是同代美國作家瑪莉蓮．羅賓遜是少數中的少數，惜墨如金，久久才有一本，長篇小說從《管家》到《遺愛基列》、《家園》都素樸深刻動人。

南熱愛高山，風雨陰晴四季無阻上山，山中澄澈的天光稀薄清涼的空氣讓她精神百倍，下到平地便精神萎靡。此外最重要的是，她愛徒步。對她來講，沒有比在山中大步行走更愉快的事了。現代人有暇不是坐在電腦就是電視前，不然就是逛店購物。而她寧可倘佯山中，走在天地群山之間。山不是征服的對象，而是神交的所在，靈犀相通的友朋。當她在山中走了好幾小時以後，身體走出了行進的韻律：「你走到通體透明」、「在山裡有一個小時之久我毫無欲望。不是樂到極點……不是出離自己，而是在自己裡面。我即存在。」麥克法倫在引言裡說，彷彿駁斥笛卡兒的「我思故我在」，南是「我行故我在」。

我也愛徒步，尤其愛到山裡去走走，寫過一些談徒步旅行的文字。當然，走得沒南那麼多，對行進的律動感體會沒她那麼深，但以身心感知外在的情懷類似。相對官感對大自然的直覺，思考要拙劣許多。從崇拜思考到反省思考到重新界定思考，是一段漫長的路，通過身體機能和官感而來。無論如何，我們能夠知曉的太過有限，她寫道：「一個人永遠無法知曉山，以及自己和它的關係。不管我多常走過這些山嶺，它們給我帶來驚奇。熟悉它們是不可能的。」

發現這本書完全得歸功麥克法倫。他自己熱愛爬山和野外，文筆又好，寫的書本本清新耐讀。第一本書《心目中的山》（*Mountains of the Mind*），探討古今熱衷攀登絕頂背後的迷思。後來的《荒野地》（*The Wild Places*）、《故道》和《低窪道》（*Holloway*）寫尋訪英國荒野和古道，帶人走入荒野反觀文明，一樣發人深省。

一開始讀《活生生的山》立刻覺得親切異常，有種驀然回首的驚喜，彷彿這書是為我而寫的。麥克法倫想必更驚為知音（他和南絕對是流同一血液說同一語言的族類），他認為《活生生的山》是南最好的書，讀了十二次（我從沒一本書讀過那麼多遍的，頂多三五遍）。其實這書早已絕版，因他極力推薦才得以重新出版現世。

陰雨寒冬時節閉鎖室內，正好讀《活生生的山》，一邊跟著南滿山遍野奔走，一邊品味她的句子（簡直可以整本書抄下來）。

「在我和它間，某種東西動了。地方和心靈可能相互穿透，直到兩者的本質都改變了。」

「然而通常是在我漫無目的亂走，出去只是為了親近山……時，山將自己全盤給了我。」

「我學到了怎麼看視大地，有如大地看視自己。」

這些看似單純的句子裡面，有幾乎完全仰賴科技的現代人所難以了解的東西。怎麼在遊山當中，進入「我即存在」的境地？「走到通體透明」，是什麼樣的感覺？南是怎樣的一個女子？在那多年喑啞當中，她是不是陷入了憂鬱症？也許這些問題並不那麼重要，重要的是有這樣一本書，可以供人思索把玩。

不能忘不能不忘——談悼亡書

1

無法迴避，到了某個年紀，每人都必須經歷父母至親死亡。明知是遲早的事情，一旦發生了卻還是措不及防。忽然天地變色，世界走了樣。沒法以理智開導自己，沒法靠他人排解失落。天崩地裂，所有意義流瀉而出。這是哀慟，沉重到不能承受，巨大到遮蔽日月星辰。黑暗的地方，可怖的地方，無光無氧無任何倚靠撐持，你並不死去，只是掉落掉落掉落。到一條荒涼道上，又黑又冷，風吹不絕，除了走下去沒有出口。可以憤恨，可以狂叫，可以否認，可以沉默，或者哭泣，但不能不悲。

除此能做什麼？

有些人於是想：寫下來吧，留個紀錄。遣傷懷，追憶死者，築一道通往過去與未來的橋。因此有了悼文，有了悼亡書。

2

越來越多人寫死亡與悼亡，有心無心總會撞見。詩人唐諾．何（Donald Hall）寫了《欠缺》（*Without*）哀妻子，小說家喬哀思．卡洛．歐慈在丈夫驟逝後以日記方式寫了《寡婦的故事》（*A Widow's Story*）。都不是新書，但我並沒讀過。太多了，簡直每隔幾天就有一本悼亡書出現，讀不勝讀。最近才讀了兩本。

我有一些悼亡書，不算很多。上面提到的幾本外，還有楊絳《我們仨》、約翰．

貝禮《輓歌》，以及卡爾文．崔凌（Calvin Trillin）《關於艾莉絲》（*About Alice*）、瓊．蒂蒂安《奇想之年》等。幾年前，我甚至還翻譯了葛兒．卡德薇的《一路兩個人》。此外，好些放在蘋果平板電腦上的這類電子書就不提了。

不太能解釋我為什麼讀這類書，想必和母親死去有關。母親不在將近二十年了，其間不知不覺受到悼亡書吸引，連帶也對探討死亡的書產生興趣。總想某天寫本至哀書悼母親，但這麼多年來只有零散幾篇紀念文字。相較，其他作家似乎「輕而易舉」，很快就將悲痛化成了一本本厚厚薄薄的書，譬如張大春《聆聽父親》、駱以軍《遣悲懷》、朱天心《漫遊者》……歐慈《寡婦的故事》出爐簡直快得嚇人。我讀悼亡書因此也許是出於好奇，想知道在這種時刻，別人怎麼反應，怎麼走過，以及怎麼以文字表達。

美國詩人愛德華．赫許（Edward Hirsch）在悼兒子的長詩《加百列》（*Gabriel*）裡寫：「我不會原諒你／冷漠的上帝／除非你把兒子還給我。」小說裡見過喪子的母親對天呼嚎：「你把兒子還給我呀！」詩中這樣公然怨恨，我是第一次讀到。

楊絳兩年間先後失去女兒和先生錢鍾書，《我們仨》裡，化為萬里長夢，夢中尋尋覓覓找不到人，轉頭追憶過去，召回快樂往事。最後感嘆孤身一人，家失去了意義，「只是旅途上的客棧而已。……家在哪裡，我不知道。我還在尋覓歸途。」

悲，但沒呼天搶地，而是很收斂，淡淡的，就像她寫經歷任何政治運動風暴一樣。只是那麼淡，天大地大的事也輕淺帶過，讓人感覺不出事情的輕重，好像大事小事都差不多。當然其實不是那樣的，只是這樣過度收斂最後給人不實之感。我第一次讀時這樣想，這次重讀時依然。

3

這些書風格不一，但內容差不多，說的是面對死亡和哀傷的事實和感懷。

應該說，悼亡書的意義首先是自療，其次是紀念。它們不在提供「解藥」或捷徑，而在記錄一段旅程。讀者未必能從中得到什麼應付之道，只能經由作者經驗一窺那條路上景觀。

我自己悼念母親的文字，頭一篇呼天搶地，現在簡直不忍看。後來逐漸節制淡化，鏡頭從「我如何如何感覺」，轉到重現母親生時種種。不像許多高明前輩或同輩，我需要經過緩慢而且自覺的學習過程。因此讀到極好的悼亡書，暗自讚佩不已，覺得也許我比一般人更能領會好在哪裡。

怎樣寫悼亡才真是好？

死亡帶來的傷痛難以處理，無法處理，或者說不是處理不處理的問題。只不過那痛龐大如山，擋住視線，擋住生路。疼痛中人必須爬過山頭，或者開鑿隧道，或者從山腳繞過，到另一邊去。

悼亡沒有一定公式，一定寫法。

蔣勳在談《紅樓夢》的《微塵眾》裡，從寶玉悼晴雯的芙蓉誄提到一般祭文的八股庸俗，讓我想到當年寫母親祭文的難。不知怎麼寫，根本不知基本格式，只想怎麼切實簡明誠摯。祭文是給喪禮人眾的「表演」，而我這裡所說的悼文是私人的，首要關切是心的問題：怎麼安頓那顆破碎而仍強自跳動的心。

一般而言我喜歡含蓄內斂，最好介於說與不說之間。然遇上生死大事，覺得有時必須放，豁出去了，讓痛站出來說話，所謂真情流露。只是要放到什麼程度，這便難講。我現在不敢看自己當初涕泗橫流的文字，覺得太過耽溺（唯獨當時覺得就必須那麼寫），卻又批評楊絳收得太緊，豈非左也不是右也不是？

確實，怎樣才能恰到好處？也許這是見仁見智的問題，不是這裡要討論的。也許每個人閱讀悼亡書出於不同理由，也就衍生不同標準。也許有人尋求處理哀傷的法子，也許有人尋求哀傷背後的情感。悼亡本身是個故事，深且長。

4

談令人懼怖的死，悼亡書似乎應該難讀。其實不然，有的出乎意料的「好看」，譬如《我們仨》和《輓歌》，打開頭就引人一路看下去，魅力不輸小說。崔凌是幽默作家，他悼愛妻的《關於艾莉絲》也帶著幽默，淡淡文字微微帶笑喚回往昔，傷感背後是生命的光。詩人伊莉莎白・亞歷山大（Elizabeth Alixander）悼早逝亡夫，書名便是《世間亮光》（*The Light of the World*）。

也許悼亡書好看是應該的，儘管背景是猙獰醜惡的死亡，承載文字的是感情，是起死回生的愛。傷感無非是多情的表現，情愈深，痛愈切。

時間所以可以療傷，因為像物質會腐朽，記憶會淡化，不管再怎麼刻骨銘心昊天罔極，哀傷會變成記憶，然後隨時間漸漸磨損，也許永不消失，但必然失去當初的強度，如影隨形，而不統馭一切。

卡德薇在《一路兩個人》裡面說得最沉痛：「真正的地獄是，你會熬得過去的。」「我們天生就是要忘記的。」

只因活下去和緊抓哀傷不放不能並存，因此漸行漸遠，傷痛逐漸減輕。我們仍然記得，仍然哀悼追念，但天空破洞補起來了，裂開的大地重新合攏。我們一步步走下去，懷念死去的親人，但願時間能夠倒轉，世界能夠回復圓滿。仍然痛，但事情就是這樣。

楊絳在《我們仨》裡說：「人間沒有單純的快樂。……人間也沒有永遠。」簡單自明，我們心中有數。然而在宇宙劇場裡，知道與否往往於事無補。心說：我要，我拒絕接受，我痛，我必須活下去。所有人都要經過這個歷程，悼亡書寫的是這個千古不變的故事。在悼亡書裡，我們一起沉入黑暗，走過死亡的幽谷，不再那麼孤獨。

不然怎麼能夠承受

1

有一部小說《藍花》（*The Blue Flower*），你可曾讀過？作者是英國作家裴娜樂琵·費茲傑羅，你可曾聽過？十之八九答案是否定。

《藍花》是裴娜樂琵·費茲傑羅生前最後出版，最享盛名的一部小說。一九九七年在美國直接以平裝書出版，《紐約時報》書評讚美有加，當時我很快到書店去買了來。從沒讀過這麼奇妙的小說，如詩又如寓言，深刻動人，立即愛上了裴娜樂琵。從此蒐羅她的小說，陸陸續續蒐全了，每隔一段時間便挑一本重看，而看得最多次的，不用說是《藍花》。然不管讀了多少次，總像第一次，充滿驚詫和神奇。她是怎麼做到的？多少作家評家都問過這問題。

總想有一天寫篇東西好好談她，最近又拿出她兩個長篇和散文集來看，再一次讚歎不已，終於覺悟那個有一天便是現在。於是丟下進行中的塞尚，投入裴娜樂琵的世界。

2

裴娜樂琵是英國文壇異數。五十八歲出第一本書，八十歲才算真正成名。

她生前總共出了十二本書，包括三部傳記九部長篇，奠定她不朽地位的是小說。

讀她的小說你會立刻眼睛一亮，覺得遇見了某種新鮮事物。其實，她寫的是傳統小說，套用舊有模式：人物，對話，情節，敘述。妙的是，同樣風景同樣角度同樣相機，有人照出來的相硬是不一樣。她的小說有時不太像小說，就像她的傳記有時不太像傳記。她總是非常技巧的，從形式內部做悄悄的顛覆。

她的長篇小說不像一般大部頭洋洋灑灑，動輒五六百頁，而都是薄薄的，通常不超過三百頁，近似大型中篇的規模，幾乎一口氣可以看完。只因她特別鍾愛小書。

有趣的是，她說不太會寫短篇，寫一個短篇花的時間相當於寫一個長篇：「傳記和長篇小說是我覺得差強可以應付的格式。這來自對他人和對自己的強烈好奇。」她唯一的短篇小說集《脫逃的手段》（*The Means of Escape*）身後才出版，像她的長篇一樣奇特耐讀。其中一個鬼故事〈斧頭〉無比陰森（把我嚇得半死），帶了深沉的悲劇感。

3

小說要怎麼寫？

人生詭譎繽紛千變萬化，怎麼壓縮在一定篇幅裡？然而人生又千篇一律，無非生老病死成敗悲歡，像個公式，怎麼寫得出其中萬種滋味？自從人類開始以文字訴說自己的故事，「怎麼寫？」這個問題始終存在。每個時代的小說家都難免面對這堵牆，思索怎麼越過去。主義來了又去，不斷有人實驗創新。

問題在：現實往往比小說更像小說。有些當代西方作家甚至覺得小說已經走到絕路，已經過時，不符時代需求了。因為小說太慢，太假，太僵硬，比不上分秒萬變的現實。小說必須退場，讓位給非小說。小說創作的爭議因此不再局限於小說境內的主義之爭，而擴大為小說與非小說之爭。這場爭戰在挪威作家卡爾・諾斯葛（Karl Ove Knausgaard）一部六冊三千六百頁的自傳《我的奮鬥》（*My Struggle*）近年來國際暢銷到達巔峰，早就對古板傳統形式小說厭煩欲死的作家們沉迷其中無法自拔，爭相傳告這部書無比寫實的無上魔力，近乎宣稱：「你看，鉅細靡遺原封不動搬上檯面，真正現代小說就得這麼寫！」

4

諾斯葛寫《我的奮鬥》時正值他寫作陷入危機，對虛構人物情節的小說厭倦到了極點，只想老老實實寫生活裡的大小一切。他並沒想到要推翻小說，只想要怎麼在寫作上自救。《我的奮鬥》讓他名利雙收，只因他自白式的寫法寫出了所有挪威人的經驗，他的故事也就是人人的故事。

裴娜樂琵沒有諾斯葛的問題，她的問題屬於另一種。首先，有太多年，她的問題在於怎麼找時間寫作。等到終於開始寫小說了，她有大半生的經歷可以汲取，問題在於怎麼精簡，怎麼掩藏，怎麼化腐朽為神奇。她無意把自己赤裸裸擺在讀者眼前，即便是自傳性小說——她的興趣不是自己，而是他人。在小說藝術上，她的關心與諾斯葛恰恰相反，是怎樣以最少達到最多，怎樣寓說於不說。因此她的問題超越寫實非寫實、小說非小說的框架，另闢蹊徑。她寫的是非傳統的傳統小說，等到《藍花》出現，已經無法以一般標籤去界定了。

5

裴娜樂琵「出道」晚，別無理由：生活不容許。

一九一六年生於倫敦，從小聰明多才。在牛津大學時代即嶄露寫作才華，交報告別人需要好幾頁，她寫一段就綽綽有餘。考試論文好到監考老師篇篇保留，收藏在羊皮卷宗裡。活躍校園雜誌，先寫稿後編輯，那時的報導和小說充滿想像力，犀利荒誕，已露出未來寫作的雛形。兩度獲得校刊「年度女性人物」，畢業前在最後訪談中說：「我們只唸古典作品，沒唸什麼現代文學，想那要等我們自己去寫。」好一番年少氣盛的大話！只因（幸好）她不知等在前面的是什麼。

簡單說來，大學畢業以後，正逢第二次世界大戰。她在倫敦工作結婚生子，直到戰後。一度夫妻兩人合編頗受好評的《世界評論》綜合雜誌，風光了幾年，雜誌倒閉後生活開始走下坡。丈夫代斯孟德酗酒，又因挪用公款被吊銷辯護律師執照，全家一步步陷入長期貧困中。曾經窮到住在泰晤士河畔的一艘破漏船屋上，最後船沉，家當幾乎全部葬身河底。無家可歸，只好暫住收容所，最後搬進低價公家住宅。

此後多年，她奔走教職間（包括一家補習班），扛起養家重任，沒有自己房間，連張像樣的床都沒有，有時吃粉筆以補充鈣質，最消沉無望時想過自殺。最後代斯孟德到一家旅行社做小職員，收入雖低但生活改善，而且可以折扣旅遊世界（她熱愛旅行），大兒子和兩個女兒漸漸長大，先後進入牛津，夫妻倆四處遊歷，過了十年快樂日子。代斯孟德死後，她還是忙於教書（直到七十歲），但奇蹟似的開始寫作出書，一本接一本，常好幾本書同時進行，近乎狂熱。

彷彿壓抑儲備一生，只等這個時刻來臨。

6

第一本書是藝術家傳記《愛德華・伯恩・瓊斯》（*Edward Burne-Jones*），兩年後出了第一本小說《金小孩》（*The Golden Child*），那時她六十歲。這書是代斯孟德病重時編給他聽的懸疑故事，他死後出版，她把書獻給他。同年又出了紀念父親和三個叔叔的傳記《諾克斯兄弟》（*The Knox Brothers*）。

緊接是盛產的二十年。頭四部小說都帶了自傳成分，寫得飛快，好像自行流出。第一部《書店》（*The Bookshop*）即不同凡響，進入布克獎決選。第二部《岸邊》（*Offshore*）擊敗大家一致看好的奈波爾《大河灣》獲得布克獎，文壇譁然，嘲笑給錯了人。接下來是《人聲》（*Human Voices*）和《在弗瑞迪學校》（*At Freddie's*），然後重拾傳記，出了《夏洛特・繆和朋友》（*Charlotte Mew and Her Friends*），寫寂寞無名女詩人的一生。她愛傳記，為敬愛的人立傳，半玩笑說過：「寫小說是為了賺錢寫傳記。」這是她最後一本傳記，此後回到小說。

現在她掉轉眼光看向世界，又再完成四部小說：《無邪》（*Innocence*）、《初春》（*The Beginning of Spring*）、《天使之門》（*The Gate of Angels*）和《藍花》，背景分別在義大利、俄國、英國、德國，寫的都是二十世紀歷史轉捩充滿希望的年代，故事各異，而無不原創驚人。《初春》和《天使之門》都進入布克獎決選。等到一九九五年《藍花》出版，登峰造極，畫下完美休止符，卻為布克獎評審冷落。

基本上她還是少有人知，不然就是被劃入寫些枝節瑣碎的輕型作家。即使有點名氣了，常應邀為副刊寫書評參加文學活動接受訪問，也不過勉強維生而已，省吃儉用到出門參加國際文學會議必帶一條曬衣繩，以便將洗淨的衣服晾在窗外。同是作家的好友裴娜樂琵・賴芙黎（Penelope Lively）一次參加筆會會議，坐在費茲傑羅後面，細看她的洋裝，發現「好像是用窗簾布做的」。

真正名利雙收，要等《藍花》在美國得到國家書評人獎而且暢銷。那時她已八十歲，開了兩次生日宴慶祝，三年後（二〇〇〇年）去世。

7

她的作品短小是有理由的。她來自一個寡言惜字的文人家族，父親是詩人和諷刺雜誌《朋馳》編輯，三個傑出的叔叔也都寫作，都強調用字經濟。潛移默化，醞釀出她自己素淡含蓄點到為止的寫作哲學，認為解釋太多，形同對讀者的侮辱。因此不管寫什麼都樸質精簡，盡在不言中。

她的小說從不走直線，而是迂迴曲折，圍繞一個似有似無的圓心遊走。在這遊走當中，給讀者似乎無關緊要的旁枝錯節，帶人進入一個高度逼真而又彷彿荒誕離奇的世界裡，故事便在這個真假繃張當中從容不迫展開。然其實幾乎沒有故事可講，場景來了又去，人物對話起落，每一幕都生動鮮明卻欲言又止。重情節的讀者恐怕會覺得找不到故事可循，很快就丟下了。只因她的小說有個門檻：讀者必須用心積極參與，不能只是被動要求娛樂消遣。知道的讀者會發現她的故事從一開始就具高度喜劇和懸疑，架設在彷彿不相關的枝節上。

8

裴娜樂琵善用突兀的開場，給人深刻印象。

且看散文〈上學的日子〉起頭：「人生當中有兩次，你知道會得到所有人的讚許：學會走路，和學會讀書的時候。」先是讓人一愣，想想才會心微笑。

《初春》：「一九一三年，搭火車從莫斯科到查令十字路，在華沙轉車，要十四磅，六先令和三便士，費時兩天半。」你不免自問：為什麼要講這些細節？

《天使之門》：「這風怎麼會這樣強勁，這樣深入內陸，害得午後騎腳踏車進城的人看來更像身陷險境的水手？」描述劍橋城外一個狂風的下午，楊柳彎折到地，幾頭牛吃葉子絆倒四蹄朝天：「好一番混亂的景象，樹頂到了地上，腿在空中，在一個致力於邏輯和理性的大學城。」我有時反覆研究這個段落，推敲句子安排。

9

《藍花》這樣開場：「雅各．狄瑪勒沒蠢到看不出他到朋友家這天正是大洗衣日。」平常無奇的細節，通過一個次要角色的觀點呈現，卻讓人訝異難忘。一位作家多年後回想以為她花了許多篇幅描述這個情景，回去重讀發現不過幾個句子而已。

她最後四部小說都可算歷史小說，《藍花》則同時具備傳記色彩。很長一段時間，她一直在思索怎麼結合傳記和小說，以一種全新的形式表達，終於有了《藍花》。融合小說、歷史和傳記，以五十五篇短小章節構成，切換迅速，如夢，如詩，如靈思，如冥想，吉光片羽，充滿玄機。講十八世紀德國浪漫派詩人諾瓦里（Novalis）愛上一個十二歲女孩的故事，可說是部愛情小說，不過迥異一般愛情小說，看完讓人錯愕驚歎。什麼是愛情？生與死、靈與物的意義何在？藍花代表了什麼？

這本小說特別難寫，從搜集資料到完成花了她四年。手稿寄出，出版社編輯兩個月沒有回音，終於來信說他一開始看就放不下，「連夜讀完，最後淚流滿面。」另一個編輯說：「《藍花》給我的作用就像音樂，我整個人感覺好了許多。」

藍花的靈感哪裡來的？最初是裴娜樂琵從勞倫斯小說〈狐狸〉裡讀到的快樂之花，藍色，致命。而後發現他的藍花來自諾瓦里未完的小說，象徵可望不可即的東西。後來她又讀到喜馬拉雅山的藍色罌粟花，特別喜歡，以它為心目中的藍花。一次回答讀者提問：「我的想法，藍花是你想它是什麼就是什麼。」

10

有另一個裴娜樂琵，在她的書信集裡。

讀她的信，宛如走錯人家——這是她嗎？這樣脆弱傷感，真情流露，和冷靜全知收放自如的那個小說家全不一樣。從這些信裡，我們看見一個才華卓越心竅玲瓏的作者灰頭土臉的生活實際：年輕時怎麼經過戰火的驚恐，中年時怎麼兼顧內外奔命操勞，以及在寫作出版上所受的障礙挫折。一家出版社編輯說她不過是個玩票作家，她洩氣之餘質問：「我自問一個人要寫過幾本書，刪過多少分號，才算職業作家？」回頭又在給朋友的信裡說自己「不是職業作家，只是寫寫自己喜歡的人而已。」二女兒一句「文學沒用」，讓她洩氣非常。子女相繼離家，她十分傷感，覺得家裡掏空，不成家了。出書需要個人照，她的相片張張奇醜，她難過得簡直不敢出門。我們還看見她買菜、種花、趕公車、做衣服、用茶包染頭髮。她興趣廣泛，歷史哲學科學植物無不好奇，尤其熱愛藝術和建築。心巧手也巧，做陶藝，畫畫，信裡常附帶插圖，還自己做風格獨具的各種卡片。

在一篇自述生平的散文裡，她提到大多女性作家都難逃廚房寫作的經驗，也就是必須在一大堆沒完沒了的瑣碎當中偷空在廚房桌上寫作。她自己就是這樣，第一個長篇是趁教書空檔在教員休息室裡開始的。這樣零零碎碎匆匆忙忙寫下來，等到真有了大片夢寐以求的寧靜卻一個字也寫不出來了，只盼望有什麼事打破沉寂，說「只有在倫敦才寫得出東西來」，她需要那份忙碌熱鬧。

11

她認為人生悲苦快樂短暫，因此難以安排圓滿結局。她以素樸的文字捕捉各種階級身分性格的人，尤其集中在全力掙扎卻卑微失意的小人物身上，帶著理解和同情。她的小說便是她人生觀的反映。

她把人分成兩種：殲滅者和被殲滅者，將自己歸類後者。小說裡一個又一個默默遭受殲滅的失敗者，原型經常便來自她自己。也因此她的小說裡經常可見處於困境，卻堅毅獨立的年輕女性。

此外，她是個道德感深厚的作者，作品裡總涉及善與惡、靈與物、強與弱的掙扎辯論。她反對立場中立的作者，質疑：「一個完全沒有立場的作者有什麼用？」唯獨她不說教，而是讓你驚動沉思。

她有一篇小文解釋為什麼寫小說，極其坦白：1，喜歡說故事。2，為小人物說話。3，賺錢。

晚年衡量自己作品，她說：「我始終忠於我最深的信念——我的意思是忠於那些生來遭受挫敗者的勇氣、強者的弱點、誤解和錯失良機的悲劇，這些我盡力當作喜劇來處理，不然我們怎麼能夠承受？」她稱她的小說悲喜劇。

牛津學者法蘭克·柯謀德（Frank Kermode）讚美讀裴娜樂琵的小說「幾乎可以期待完美」，一點也不過譽。小說家比雅特（A. S. Byatt）推崇她的《藍花》是大師之作，問：「她是怎麼做到的？」

12

當代作家當中，推崇裴娜樂琵的名家不在少數。朱利安·拔恩斯便是她的大書迷，有篇回憶她的文字，寫遇見她同台演講然後同火車回倫敦的一段經過，荒謬簡直就像裴娜樂琵的小說片段。他描寫她「裝出是個做果醬不辨方向的老祖母」，打開手提袋大海撈針找地鐵車票，令人絕倒。她晚年有些照片，確實土裡土氣像個愚昧無知的老太婆，輕易騙倒許多人。

何曼恩．李（Hermione Lee）的傳記《裴娜樂琵．費茲傑羅的一生》（*Penelope Fitzgerald*），挖掘深入，讓我們看見了立體的她。我們發現這個歷盡艱辛筆帶同情的作者，其實是個矛盾複雜不欲人知的人物。她有好幾面，好幾個化身。有的人覺得她溫暖真摯，有的人覺得她高傲冷淡，有的人覺得她倔強難纏。無論如何她好強內斂，寧折不彎，犀利起來毫不留情，硬起來像一堵牆，古怪固執又滑稽可笑。

總之，裴娜樂琵是個神祕人物，即使和好友也未必把手談心。她樂於談兩個女兒和一群孫子孫女的事，卻從不談丈夫和兒子。也許親人之外，從沒有人摸透過她，但何曼恩．李幾乎做到了。這部傳記入選《紐約時報》二〇一四年度十大好書，簡介裡形容裴娜樂琵：「是個難以捉摸、原創的奇蹟製造者。……她的小說有一種收斂的力道和強烈的壓縮……」

13

西方小說家裡面，我偏愛契訶夫和艾莉絲．孟若，兩人都以短篇見長，格調不同。但裴娜樂琵別有一種剔透機鋒，格外誘人。難以說清那魔力何在，也許是文字澄澈，加上那宛如天空的大片留白。

此外貫穿她所有作品，是難言的美感。她是個熱愛美的人。文筆絕妙，三言兩語便捉住神韻，讓人如見其人如在其地。

每當我寫作上意興消沉，便去讀裴娜樂琵的小說。每次重讀，不免又再驚喜一次，晚餐時興沖沖講給B聽。我們看書的品味不盡相同，但有交集——如我，他也是裴娜樂琵迷。當初我介紹《藍花》給他，和我一樣，他立即給她吸引了去。

她去世以後，散篇文集先後出版。書信集《所以我想到了你》（*So I Have Thought of You*）由大女婿詩人泰壬斯．督黎（Terence Dooley）編輯，他在導言裡寫：「沒有一個岳母在女婿眼裡是英雄……」不尋常的是，他對她充滿了讚歎，覺得她始終像謎。

確實，她是個謎，她的小說也是。

餘光

張開眼睛，我們看見世界，這包括：眼前景物和眼角餘光所見。

如果你留心，便會發現，生命總在消褪敗壞邊緣，隨時可能被圍繞的荒野所吞噬。關鍵在當你回首過去，焦距是對準了敗壞和荒野，還是那些晨昏絢爛星光螢火的時刻。

有的人傾向於看見哀傷荒涼，如許多寫作者，如我。

她不是。

八十五歲那年，出於子女督促，她開始寫〈草間的老虎〉（Tiger in the Grass）

一文，追記生平。

不是很長，寫些印象特別深刻的片段：童年、上學、戀愛、約會、結婚、生子、死亡、老去……。文字疏朗，淡遠動人。

以兩線交錯穿插來寫：一線是聊聊幾句直敘兒子羅癌將死的現在，導出另一線長遠鮮明的過去。

最大一段是四十二年婚姻生活，分成南加和墨西哥兩部分。

現在回看，她寫是「幾近完美」，或是「幾乎毫無瑕疵」。

近乎完美？我不敢相信眼前這些字。

有誰，有誰膽敢動用這樣滿溢的字眼？

沒有人。我從沒在文學作品裡見到過這樣的描述，十之八九是悲傷愁苦。

文字素淡，用詞挑剔簡直到了吝嗇。《紐約時報》說她寫作細心緩慢，幾乎是「一個小時一個句子」。出乎意料地，「近乎完美」卻在這篇裡出現了不止一次，每次都讓我一驚。

顯然她不是誇張，近乎完美就是近乎完美。

她是個敏銳纖細多情的人。

「如果太過喜歡沒有心靈的東西是邪惡，那我是邪惡的，因為在我出生的房子裡，我喜歡壁爐邊的瓷磚，樓梯邊上寬可當滑梯溜下的橡木扶手欄，連送食物的升降台我都喜歡……」

——邪惡？從什麼角度出發，怎會扯上邪惡？

她出身富家，但毫無有錢人的驕奢淺薄，對人間充滿了關切同情。這在她寫墨西哥時格外明顯，譬如描述一再說謊騙錢的墨西哥家僕，寬厚有加，沒有任何苛責。

她愛墨西哥，丈夫病死才歸返加州。後來只要看到墨西哥地圖上的地名，不管熟不熟悉，眼前必浮現出無比的鮮麗光燦，她自己都覺得奇異。她的小說大多以墨西哥為背景，勾畫出一個天真爛漫，同時又很老很老的世界。

她大學沒畢業就結婚了，一子一女，婚姻幸福。

在〈四點退潮〉裡，她回憶孩子小時，夏日午後，和丈夫帶了他們到海邊，這樣結束：「這時，一九三九年一個八月天，我使出渾身解數，用盡意志的力氣，命地球暫停旋轉，定住太陽，挽住潮汐，以便給我足夠時間，把這退潮畫下裱起。」

六十五歲那年，丈夫已死，在兒子激勵下她回到大學，最後進文學寫作班拿到學位。

回校第一天，她膽怯到幾乎掉頭逃跑，不能面對和一群年紀相當於孫子孫女的大孩子同堂上課。她鼓勇進去，發現教師平易親切，沒什麼好怕的。

上寫作班，和那些大孩子一字一句琢磨，是她生命「幾近完美」的另一段。

「我們相信我們並不在尋找奇蹟。要的只是完美字詞完美句子，積累成完美的書。」

在一個文學會議演講上，她說自己所以會那麼晚才開始寫作，是因為先做了四十二年家庭主婦。講完聽眾舉手發問，最後一個女子問：「你那四十幾年是不是都很快樂？」她幾乎不能相信自己耳朵。

「我從沒聽說任何人快樂四十二年的。一個快樂四十二年的人會想要寫書嗎？」

——為什麼不呢？為什麼快樂人就不會想要寫書？我想舉手發問，真想知道為什麼只有苦痛可以激發創作。

是的，她有她份內的困苦悲傷，這並不表示她無視他人的不幸。

然而她說「幾近完美」，不止一次。

接近文末，兒子打電話來說他快死了，他跌倒了爬不起來。

不提傷感，她轉而去談寫小說這件事。

「我想到寫小說像什麼。像是一種完成。像是發現某種你不知失去的東西。找到你不曾問過的問題的答案。」

然後她想到子女（自己的和所有人的）、視力、人一生的腳步。

草間老虎的說法來自她的眼醫。她告訴那眼醫她擔心自己的青光眼更糟了，一隻眼睛已經只剩眼角餘光。眼醫提醒她不要小看眼角餘光，是它幫我們偵測到草間的老虎。她因而驚覺有這頭老虎存在，藏身草叢中，亦步亦趨，等候隨時撲躍而出。

「現在這裡是我凶猛的老伴，半是威脅，半是朋友。如果我細聽，可以聽見他的氣息。我從眼角看見他。他從眼角看見我。這許久以來我們仍然步步相隨，我草間的老虎和我。」她用「他」而不是「牠」來形容那頭老虎。

她是美國作家海芮特．多爾（Harriet Doerr），出道晚，作品少，但別樹一格。從家庭主婦到作者，總共出了三本書，兩部長篇小說《給伊巴拉的石頭》（*Stones for Ibarra*）（七十四歲）和《想想這，女士》（*Consider This, Señora*）（八十三歲），以及散文小說合集《草間的老虎》（八十五歲），加起來不過六百頁。評家一致稱道她文字嚴謹明淨犀利，有人甚至以完美來形容《給伊巴拉的石頭》（獲一九八五年國家書獎新人獎）。知道她的人不多，可惜，但是無傷。歷史一再證明，名聲未必等同好壞。我有時也會忘了她，過一陣想起來才又從書架上取下重讀，一書在手如一盞小燈籠，追隨她「定住太陽，挽住潮汐」，像她回到魂縈夢牽的墨西哥，我回到她那個悲喜交集瑩瑩放光的世界。

好美！真美！——回想李渝二三事

1

認識李渝很晚，相處時間更短，說起來不過幾天。匆匆幾天的交情，不能說真知道她。有的是印象，深刻難忘。

初見李渝是四年前，二〇一〇年北美華文女作協在台北開會。一天會上來了個客人。赫本頭，額前一撮微微翹起，幾乎像個調皮的小男生。黑衣，平底涼鞋，不動時沉靜，說笑起來爽朗。全身上下氣味不同，就是灑脫兩字。

這人是誰？是李渝，陳少聰朋友。便認識了，幾個人聊起來。談到她在台大寫作班的學生，充滿愛護欣賞，說現在年輕人想像力非常豐富，寫的東西奇奇怪怪，看不懂。談起一兩當代文人卻挖苦嘲弄，毫不留情。我立即覺得這人可愛。

那次開會最大收穫，便是認識李渝。

那晚李渝要帶幾人去看畫展上館子，我可惜有事沒法去。隔晚會完和焦明到她那時待的台大宿舍坐坐，就在溫州街附近。從開會地點走過去，巷裡不少各式小店，一路隨意看看。見到一家我給櫥窗誘進去，賣大陸做的服裝背包，一件紅衣搶眼我指給李渝看，她說好看買呀。只不過我喜歡看人穿紅衣，自己不大穿。我又受一些蠟染棉布背包吸引，李渝也說好看。混了一陣我買了個藍染棉布包，才繼續走到她住處。

她先讓我們在客廳坐下，自己到臥房裡找鑰匙，喃喃自語，到處翻看都沒有，似乎心神散漫。我和焦明坐沙發，後來她大概是找到了也過來，給我們橘子吃，坐背窗沙發椅，和我們成九十度。問她一些當年情事，主要談她的中國藝術史老師高居瀚

（James Cahill），他多麼有學問，見解多麼獨到，他的書多麼好。

中國藝術史我一竅不通，可惜鴨子聽雷。搬出史作檉《哲學觀畫》裡一個我覺得有趣但似太過武斷，說中國山水畫從直軸到橫軸，是從肅穆高遠走向裝飾淺薄的觀點來討教，讓她嗤之以鼻：「胡說八道！那個人不懂，根本胡說八道！」

聊了一陣，她忽然想到是晚餐時間了，問我們餓不餓。我們還不很餓，決定過會再說。繼續聊了一陣，她又想到是晚餐時間，該出去找吃的，要吃哪家，但只說而已，三心兩意，似心不在焉。坐了不知多久，她又想到真的該出去找吃的了，才起身出門。

她本想到巷口的紫藤廬去，但太晚已經關門。沿新生南路朝台大方向走，不久看見一家越南館子進去。幾乎沒人，我們叫菜很快來了，吃吃我說不是太甜就是太油，李渝說：「這不好，那也不好，你這人難伺候！」一言切中，我不覺笑了，彷如受到恭維。後來這話李渝又重複了一次。回美後一次我們逛大都會美術館，在裡面的自助餐廳午餐。我的沙拉裡有一些黃葉爛葉，我一一挑出，最後沒吃完就不碰了。李渝見了問：「你的沙拉怎麼，就不吃了？」我解釋，她挑吃了幾口：「還好嘛，可以吃。

你這人難伺候！」我依然覺得好笑，像聽到什麼妙語。因為她直，有話就說，不轉彎，不裝點。我也是這樣，因此格外會心。

會完到宜蘭玩，遊覽車過雪山隧道，雲氣籠罩沿途山頭，李渝多情地看，說：「真美！好美！」無疑，美是她遊弋的江湖。那種歡喜讚歎，正是「我」在短篇〈待鶴〉裡讚不丹公主身上紅裙「美不勝收」的那種聲調表情。路繞山轉，她一下在左邊照相，一下換右邊欣賞。我悄悄拍照，想捕捉她專心看景的表情。那幾天只要有機會我便照李渝，有時偷照，有時請她讓我照。然沒有一張好的，沒抓住我心中她介乎天真和瀟灑間的風采。

到宜蘭文化村各自走散了，後來在一家絲緞花店撞見，那些花形各異極盡鮮豔小巧的別針我沒興趣，但李渝買了只大紅的，很正的紅，焦明也給女兒買了只一樣的。後來李渝戴在黑衣上，確是大方好看。經常東西本身未必有絕對美醜，看搭配，有品味的人就是會搭配。李渝穿衣多是素色，黑居多，肩個大口袋式黑皮包，舒適寫意的那種風格。

回美後有一段時間以電郵聯絡，並不常。冬裡，焦明和她約了逛大都會，也找了我。我和焦明各自從紐澤西搭巴士火車進城，約在大都會進口大廳見面。李渝從紐約州家裡搭巴士去，約在明園見面。我和焦明到了好一陣子，幾乎不確定李渝是不是會來，終於她到了。於是便就近看乾隆宮中器物特展，一路李渝指出趣味處。大多傖俗不堪，讓她搖頭：「乾隆這人品味實在差，這些東西老實說真是難看！」我們一致同意。於是儘管一堆家具器物俗氣刺眼，我們品頭論足邊罵邊笑，竟像小孩逛動物園那般有趣。接著看了另一個《窗景》特展，是一些十九世紀歐洲畫家描繪窗景的作品，主題有意思，但有些畫作我以為相當平庸，特地引了李渝去看，指指點點批評，竟沒遭她取笑。

將近五點李渝先走，怕錯過了回家巴士。分手前推薦我和焦明去看現代廳裡德國藝術家安森．基弗（Anselm Kiefer）的《海邊的波希米亞》（*Bohemia Lies by the Sea*）：「那是真好！你們一定要去看！」我們不知安森．基弗何許人，既然李渝說非看不可，便孜孜穿越博物館迷宮去瞻仰這位基弗先生大作。焦土色調似浩劫荒原，開滿一大片野生罌粟花，幾乎占了整片牆，果然撼人。這我後來寫在了探討快樂的〈有一種謠傳〉裡。

2

書架上有幾層我專放「另眼相看」的書，李渝《溫州街的故事》便在這樣一層，和尼采、卡繆、卡夫卡和班雅明等一起。我抽出《溫州街的故事》，發現緊鄰是《過於喧囂的孤獨》——多恰當的巧合！

大學時代，溫州街一度我常去。那時我和一個美國人學會話英語，他便住在溫州街一棟公寓裡。那段溫州街沒什麼氣質，多是公寓，不像李渝的溫州街充滿了情調和歷史。有幾年時間，我經常在溫州街進進出出，不知道這條街最終會帶我到美國，多年之後會認識李渝。

第一次見面時，李渝送了本印刻雜誌做她專輯那期，封面便是她。當晚我就讀了，那篇〈待鶴〉實在喜歡。回美後又重看了不知多少次，只能套李渝自己的話：「真好！」好些句子正正寫中我心，平白而又詩意精準，分明是出自她靈魂深處的話，我幾度拿來引用。

在〈有一種謠傳〉裡，我寫到〈待鶴〉：「字裡行間都是一切隨時隨地可以坍塌幻滅的不安，然又近乎奇蹟的，最終的意象是上升的，在回憶、夢幻、憧憬和生命本質的堅韌合作之下，死者固然不能復生，但傷痛可以轉化，時間走成了空間，空間又召回時間，於是時空繼續，個人繼續，生命繼續。」

〈待鶴〉寫無常和失落，嵌在中間的是憂鬱症的內在景觀，應是李渝自身所見。從尋鶴到待鶴，從尋美到尋夢，我看見李渝在生死之間猶疑。處處是深淵與荒原，死亡隨時在招引守候。然而，有松棻來入夢，便仍可以繼續。

這時對照結局，我的說法幾乎成了諷刺。誰知最終，畢竟個人無法繼續，生命無法繼續？寫作當時，怎麼可能預見將來？正如〈待鶴〉裡面，這個我彷彿引用了無數次的句子：「只是一個偶然，在一個片刻，命運變數出現，不能預測，沒有警告，如此決斷，分毫不能商議或妥協，生命如何是這樣令人恐懼地倏忽和虛無！」

大都會以後便難得和李渝聯絡上，除了收到她贈的新書《拾花入夢記：李渝讀紅樓夢》。書封俗麗又兼典雅，很有《紅樓夢》味。打開，黑色筆跡題：「慧貞消夏，二〇一一年八月暑日紐約」。我立即讀了，文筆通俗流麗，充滿趣味，尤其第一篇便是〈美麗的顏色〉——我也曾寫過顏色，現在還是在寫。最讓我驚奇的，是她大力為賈政和妙玉辯護，讓我另眼重估他們。

之後焦明多次電郵她都沒有回音，我寄自己新書《旅人的眼睛》到紐約大學給她也不知她收到了沒。我們納悶怎麼她就無聲無息了，猜想是不堪煩擾。

忽然三年過去了，一天收到焦明電郵，說李渝病了，極盡痛苦。三個月後，她自殺死了。

今人，一下成了昔人。

將一個人重新歸檔，變成過去式，是這樣冷血的事。原來活生生的人，沒有了。然死者已矣，「如此決斷，分毫不能商議或妥協」。

唯獨死亡斬斷未來，並不勾銷過去，那森黑背景更反襯出生命本身：澈亮的藍空，成V字型飛行搖曳的黑頸白鶴翩然來到……

鶴來鶴去，小說必然要結束，故事終究要完。一切都在變成回憶。

待鶴人已去，從此要一窺李渝風采，只有到字裡行間去追尋了。

成為塞尚

1

做人是個成為的過程。做人不容易，成為藝術家更難。

二十五歲那年，塞尚踏上了成為畫家塞尚這條路，永不回頭。

他來自南方普羅旺斯，現在的旅遊勝地是當時巴黎人眼裡粗鄙落後的鄉下。年輕時曾到巴黎學畫，老覺與城市潮流格格不入，最後決定還是回鄉走自己的路。

父親是個精明的生意人，早年從事帽業生意後來改經營銀行，相當富有。他反對塞尚學畫，苛扣生活費，逼得他很長一段時間不斷在信裡低聲下氣向父親討錢，不然是向左拉求救，有時給朋友寫信不免牢騷滿腹，譬如在一封給畢沙羅的信裡寫：「我在家人的懷抱裡，和地球上最惡劣的人在一起……」要等父親死後繼承遺產，經濟壓力消解，才能全力作畫。

相對，塞尚和母親很親，個性相似，非常談得來。塞尚的藝術天分來自於她，她也積極鼓勵他追求藝術，暗中扶持，並在父子間斡旋。母親晚年塞尚照顧她溫存體貼，遠勝過對妻子。不過父親喪禮他參加了，母親喪禮卻缺席——畫畫去了。

2

一九〇七年，塞尚死後一年，巴黎的秋季沙龍展三週，展出塞尚作品五十六幅。詩人里爾克剛好回到巴黎，陰雨連連，可是他天天去看，然後寫信給妻子細述心得。

這批信後來結集出版，便是《致塞尚書簡》（*Letters on Cézanne*）。薄薄一本，但不容易懂。有時抽象，有時艱深，我讀了好幾次，許多地方必須反覆沉思，還不見得讀通。這本小書，恐怕可以揣摩一輩子。

那三週裡，里爾克經常停駐在特定塞尚畫前細看，不只是看畫作本身，而是深入塞尚內在，研究他怎麼看，怎麼表現所看見的。拿後期作品同早期比較，研究其中變化進展。不是以一個藝術專家或評家的眼光來看（他承認自己外行），而是以一個創作者在自己創作歷程的追尋演變上來看。這樣浸淫塞尚，給了里爾克無上體會，後來他說：「塞尚給我的影響最大。」

他看出，在塞尚意識到自己所見，然後將所見轉為己用之間有衝突存在。並進一步指出，藝術家經由藝術表達對外物的感受必須做到超乎自覺無心流露，一旦陷入自覺便露出鑿痕。

不露鑿痕是藝術最難的地方，因為藝術本身就是個百般雕鑿的東西。他認為塞尚做到了不露鑿痕這點，相對梵谷便沒做到。不過我沒有里爾克的眼光，看不出梵谷鑿痕在哪裡。還有許多類似的藝術思索，我不是需要用心去想，就是怎麼都看不懂。有的卻立刻就領會了，如：「畢竟，藝術作品總是來自個人處於危險，經歷了極端，不能再更往前的結果。走得越深，便越私密，越個人……」說得不能再好，想必是詩人切身之言。

他說塞尚的畫都有種藍色調，確實。但凡想起塞尚的畫，首先浮起的是一片氤藍。里爾克特別留心藍色，信裡有種種辭彙形容：虛飄的藍、暴風雨藍、傾聽的藍、空靈的藍、中產階級棉布藍……，我不免猜想那些藍是怎樣藍法，而這幾乎不可能——傳達和複製色彩本是極難的事，差一點便無異相距萬里。

《致塞尚書簡》中心是塞尚，但起點是梵谷，里爾克也有獨到見解。他說梵谷不論面對什麼情況，總能投入繪畫當中。里爾克自己辦不到，心情不好就沒法寫作。還說梵谷對事物充滿了愛，在對任何最平常卑微物件的描繪中都表現出來。他的畫充滿了感受，或者說充滿了情緒。他的畫就是他的心靈，我們無法看他的畫而不為所動。相對，塞尚的畫追求客觀冷靜，他要表達的是對象本身，而不是他自己。因此他的畫有種清冷的距離，有種堅實可信的東西。這我也有同感，只是說不出所以然來。

3

塞尚一生有兩位知友，早年是左拉，後來是畢沙羅。

塞尚比左拉稍長，學生時代就認識，一直交到中年，幾近生死至交，不過最後決裂。早期的信大多是寫給左拉的，嬉笑怒罵，真摯坦誠，引經據典之外，有時還附了打油詩。他年輕時經常情緒低落，在一封信裡寫：「可是，再說一次，我有點消沉，毫無來由地。就像你知道的，不曉得怎麼回事，每晚太陽一落人就沉下來。還有是下雨時，一下雨就心情黯淡。」那時他才二十幾歲。往後不管境況再怎麼糟，卻沒再見到他說天黑下雨便心情不好。左拉回信裡有句話極感人：「你的快樂和你的憂傷都屬於我。」

另一次塞尚在給左拉信裡說，有時因為心情太壞不敢寫信，左拉跟著在回信裡特地強調沒有比收到他來信更高興的了，要他儘管寫不必擔心：「你心情好時，讓我也心情跟著好；傷感了，就拿恐懼來黑掉我的天空——有時一滴眼淚就和一朵微笑一樣甜美。所以，每天把你的想法給我寫下來，生了新感受就寫到紙上，滿四頁就寄給我。」

同時在給另一朋友的信裡，左拉卻對好友充滿了貶責：「他也許有偉大畫家的天分，可是絕不可能成為偉大畫家，一碰到挫折就氣餒了。」只因那一陣塞尚對自己畫藝進展不滿，決定離開巴黎回到老家普羅旺斯去。不過後來又回到巴黎，在兩地間來去穿梭。最終塞尚還是回到故鄉定居，做個還他本色的「鄉巴佬」，一直到死。

左拉早期對塞尚的批評隨時間而越來越烈，最後是徹底失望。他不止一次以塞尚為模特兒放到小說裡，加以誇張醜化。最後在《傑作》（*L'OEuvre*）裡把絕似塞尚的主角寫成一個充滿疑懼憤世嫉俗，未能發揮潛能的「失敗天才」。塞尚收到左拉贈書後回信，淡淡致謝，此外並沒多說，只是從此書信斷絕。一般公認，這部小說是導致塞尚與左拉決裂的主因。多年後左拉又寫了一篇東西在報端發表，重申他認為以塞尚的偉大天才卻一事無成的論調。

何以左拉這樣幾近換血的知交卻堅持貶低老友？是他的藝術眼光太差，所以無能欣賞？還是別有原因？里爾克認為左拉根本不懂塞尚面對的問題所在，懂的是巴爾扎克，他才真正知道一個藝術家可能遭遇畢生無法解決的巨大難題。剛巧，塞尚也喜歡讀巴爾扎克。

畢沙羅比塞尚大九歲，亦師亦友，是塞尚最敬重的同代畫家。里爾克說，塞尚年輕時代散漫由心，不懂什麼叫認真工作，直到四十歲時經過畢沙羅陶冶，才懂了什麼叫全力以赴。也就是，除了繪畫還是繪畫，完全為畫而活。

兩人有時一起出門寫生，面對景物各自選好地點搭起畫架。畢沙羅會點撥塞尚，傳授一些繪畫心得。塞尚後來明言受畢沙羅影響至深，就像後來畢卡索、馬蒂斯等明言受塞尚影響至深一樣。不過兩人畫風不盡相同，畢沙羅畫面比較繁複細膩，以點構成；塞尚相對比較簡約，以塊構成。兩人同一題材的畫作並排對照，差異便很明顯。

塞尚曾在一封給母親的信裡寫道：「畢沙羅已經有一個半月沒在巴黎了，而是在布列塔尼，不過我知道他對我評價很高，我對自己評價也很高。我開始覺得自己比周圍人強，而你知道我是不輕易高估自己的。」

塞尚在繪畫上先進，但政治上傾向保守，有反猶傾向，譬如在轟動一時的戴弗斯（Dryfreus）事件裡，他便屬於反戴弗斯一派，左拉卻挺身大力為戴弗斯說話。有趣的是，畢沙羅正是猶太人，而且是個激進的社會主義者（他的出身也是個曲折的故事）。對左拉力挺戴弗斯，塞尚並不當真，覺得可能是作秀，主要在自我宣傳。

4

塞尚論藝術：「品味是最好的裁判，但是罕見。藝術只對極小一撮人發言。」

塞尚的畫不走悅目動人的路子，而是相反，帶著「我知道自己在做什麼，不必討好你」的孤傲。

他經常畫蘋果，筆下的蘋果似乎不只是蘋果而已，別有深意，像他的松樹。多少次我看他的蘋果，紅紅綠綠，這樣倒又那樣倒，不像脆生多汁，而更像高中學素描時面對的那些蠟製水果，可遠觀而不可近褻。然我愛他的蘋果，以及梨子、茄子等任何蔬果，它們酣然自足，似乎藏了什麼可喜的祕密，只有塞尚知道。

里爾克認為，塞尚的畫表現出了物象本質。他說有的畫裡的水果看來好吃，讓人感覺水果就是給人吃的。可是塞尚的水果看來就是水果，固執自我，充滿了水果自身的物性，堅不可摧，根本不再像能吃的東西了，單單是水果自己。這話有意思，引我再三回去細看塞尚的水果，我看它們，它們也看我。

塞尚在許多信裡一再強調，要畫得好唯有置身自然，直接向自然學習才可能，正是中國山水畫家講的「師法自然」。唯獨，中國藝術重在傳達神韻，而不是一板一眼的寫實，因此師法自然而不受自然役使。塞尚不是，他追求忠實表達自然，因此在自然面前，他的畫「永遠不完全」。他認為：「米開朗基羅是個工匠，拉菲爾是個藝術家。」

從哲學看藝術的史作檉稱西方藝術家將自然當作客觀實體來描述而怕做不到，是

「塞尚式之不能完成的焦慮」。我覺得傳統中國畫家便沒有這種焦慮，有的應該是另一種，唯恐沒能「將自然完全主觀化的焦慮」。

5

繪畫對塞尚，就像寫作之於福樓拜，是步步嘔心瀝血，無止無盡的磨難。此外，他的畫風不見容於當時藝壇沙龍。他每年都參加沙龍展，次次落選，而且受到冷嘲熱諷，長達二十年，直到五十六歲才第一次開個展。

李渝在賞析趙無極一九六〇—一九七〇年代作品的〈光陰憂鬱〉裡，寫到畫家在第二任妻子經長久憂鬱症自殺後，陷入極度痛苦瀕臨崩潰。十年地獄試煉，導致畫風改變，由甜美輕盈走向內省深沉。他的繪畫空間「是生存的狀況，是夢的空間，他的繪畫活動是心的歷程，他和空間的關係是一個存在主義性的，怎麼讓自己和世界和平共存的問題。」

塞尚和繪畫間的關係，或許可說也是「存在主義性的」。他一生鑽研探索，除了在畫布上「布置體積和形狀」，調配色彩的組合，也在尋求怎麼將自己之所見忠實移植到畫布上。他不願如印象派畫家只求捕捉片刻燦動光影，而想要把握比較堅持恆久的東西。因此不斷細看細想，要從看見當中發現大自然底下的秩序和邏輯。譬如，他把光分解成塊狀，認為線條並不存在，景物不過是由圓錐、球體和圓柱構成。為了掌握物象本質，他像個苦行僧，把自己完全祭了進去。結果帶動了一種新畫風，後世尊他為「後印象主義之父」。後來畢卡索和布拉克開創的立體主義，那些解構的塊狀，分明就有塞尚的影子。

6

塞尚喜歡出外寫生，晚年在一封給兒子的信裡嘲笑老朽無用的人，誓言：「我要一直畫到死。」普羅旺斯夏季熾熱，有時早晨八點便熱不可當，逼得塞尚提早起床，穿過小城到畫室去。在一封信裡他寫：「我要去畫室了。起得晚，過了五點才起來。我還是興致勃勃工作，只不過有時光線壞得讓我覺得自然景致好像難看了。」儘管患糖尿病還是經常出外寫生，一去整天。一次遇到暴雨，仍繼續雨中作畫。後來一位村人發現他倒在路旁，用載運清洗衣物的車子把他送回家。第二天一早他又到花園畫室去，回到家時奄奄一息，幾天後死了，才六十七歲。

《塞尚書信集》（*The Letters of Cézanne*）編輯在序言裡寫：「塞尚之成為塞尚，正如貝克特之成為貝克特一樣困難。」塞尚自己也說：「生命駭人。」

縱看塞尚一生，不能不同意他的話。唯獨，這句話幾乎適用所有人。大人物也罷，小人物也罷，英雄也罷，失敗者也罷，如果你用心細看，難免得到相同結論：生命是條駭人的路。

尋找塞尚

1

喜歡塞尚的畫，至於為什麼卻始終說不上來。

第一次見到他的畫我還年輕，也許是在《雄獅美術》裡還是《大同月刊》封面上，覺得人物景物都木木呆呆，看不出好在哪裡。不知什麼時候眼光變了，開始欣賞，而且越來越喜歡。說不清理由，只覺內中有物，吸引人去看。於是想知道畫家底下的那個人，他畫裡畫外的一生。近來看了一些書，尤其是《塞尚書信集》和《塞尚傳》（*Paul Cezanne*），才稍稍知道了一點底細。只不過知道他這個人，未必有助於知道他的畫。

2

塞尚的畫作包括風景、肖像和靜物。他似乎不會畫動的東西。

他一生畫了二十六幅自畫像，類似林布蘭特。也畫了二十四幅妻子肖像畫。

塞尚風景並不是一般人眼裡的如畫風光，而是平常無奇的景象：松林、林間一棟房屋、一條彎路、一座山。他畫心愛的普羅旺斯景色，一樹一石都深具意義。詩人里爾克說，沒有人畫山水像塞尚畫聖維克特山懷抱那樣深情。那座山他一畫再畫，不知多少次。

他也畫了不少靜物，可能是因為不需模特兒（不是沒錢雇就是難找），也因為靜物不會動。

他的靜物裡有各種水果，最常見的是蘋果；正如他的寫生畫裡多樹，最多的是松樹。早年在給左拉的一封信裡，特別提到山裡一棵他們早年熟悉的松樹，宛如老友。對蘋果和松樹，他似乎格外鍾情。對人，脾氣便沒那麼好。

3

第一次到費城美術館時，發現竟有十來幅塞尚，包括風景、肖像和靜物，還有一幅晚期巨幅《泳者》。我在幾個展覽廳裡來來回回看這些塞尚，然後才分心去看其餘。一間展覽廳裡，一幅雷諾瓦擺在塞尚旁，一比之下竟成了阿諛媚世的庸脂俗粉。一向不很喜歡雷諾瓦的畫，除了少數幾幅。不是他的仕女太過肉感，而是覺得他的畫濃妝豔抹，俗。放在塞尚旁邊，那庸俗之氣登時放大了許多倍。

後來在一部塞尚畫冊裡看到，也是幾幅雷諾瓦和塞尚的畫並置，也是同樣觸目：雷諾瓦立刻顯得小頭小臉，不堪一看，而塞尚內斂清涼，看不厭。

雷諾瓦崇拜塞尚，曾幾次登門請益。不過除了畢沙羅和莫內，塞尚打從骨裡瞧不起同輩畫家。雷諾瓦上門他雖和氣對待，心裡其實覺得他像當時一般畫家，是個贗品。另一間展覽廳裡，梵谷的《向日葵》和塞尚的風景並排，卻異常搭配。我在兩畫前看了半天，怎麼看怎麼順眼，好像再應當不過。思索再三，也許因為都忠於自我吧。藝術裡面若沒有這份真，便不值一看了。米蘭．昆德拉鄙視的 kitsch，即媚俗之物，一個定義法，應該便是不忠於自我，一味討好世俗，結果裡面空空如也。

費城另有一家出名的巴恩斯美術館，收藏了許多塞尚。可惜我們去參觀那次，展出的雷諾瓦遠多於塞尚。後來一次專展塞尚的靜物畫，想去看結果因為種種原因沒去成，只好拿出自己的塞尚畫冊來細看充數。

4

塞尚作畫慢，因為對他畫畫極難，每幅都好像開天闢地，風景如此，人像也是。

畫人像，需要模特兒端姿不動。塞尚畫得慢，研看的時間幾乎超過作畫，做他的模特兒格外辛苦。有時擺了許多天，他打了無數草稿，最後卻宣布放棄——畫不出來。一次他給經紀人畫像，經紀人睡著了，他大為光火：「混蛋，你把姿勢弄壞了！我不是叫你像蘋果一動也不動的嗎？蘋果會亂動嗎？」

5

看《塞尚書信集》，有許多意外。

譬如，塞尚熟諳羅馬文學，信裡經常引用。熱愛看書，尤其是愛波特萊爾的詩和巴爾扎克的小說。還有，寫得一手好字，飛揚灑脫剛勁有中國草書韻味，可以裱起來懸掛。光是看他的字，便覺這人值得結交。此外最難得的，是一封神祕「情書」。

塞尚似乎沒寫過情書，起碼沒有留下來的，除了這封未寄，看樣子原本也沒打算要寄，其實只能說是寫給自己的「信」。並不是寫在紙上，而是寫在一幅油畫背面：

「我見到你，你讓我吻你，從那以後我就沒一刻安寧。原諒一個受盡煎熬的靈魂這樣率直寫信給你。我不知道怎樣向你解釋那份你以為太過大膽的率直，然而我怎能停留在這種無望裡？與其壓抑感情，不如表達出來，不是嗎？

何必，我問自己，對自己的煎熬保持沉默？得以表達痛苦不是一種緩解？如果肉體之痛可以經由叫喊減輕一點，那麼，女士，心靈的痛苦也可以經由向鍾情的對象表白而得到緩解？

我很明白這封倉促草率寄出的信，可能顯得太過唐突，不會給你什麼好印象，除了……」

信裡的「你」是誰並不清楚。有人以為可能是塞尚父母家的一個女僕，可是《塞尚書信集》編輯推論不太可能，因為塞尚從來尊重僕人，不會亂搞。

6

塞尚大半生受主流鄙視排斥，但也得到一些同輩和晚輩畫家推崇。譬如畢沙羅、莫內、高更、畢卡索和馬蒂斯等，他們是塞尚最早的收藏者。莫內擁有十四幅，三幅掛在臥房。畢沙羅擁有二十一幅。高更有時會帶了他最喜歡的一幅塞尚到館子裡去，然後據案高談闊論那幅畫的妙處。

我最高興的是發現馬蒂斯熱愛塞尚，視他如神。馬蒂斯早年窮困潦倒時就不惜花費買了一幅塞尚《三泳者》，珍藏三十七年，不絕反覆推敲玩味，從裡面汲取勇氣和信念支持自己走出困境，最後捐給了巴黎市立美術館。難怪我老覺馬蒂斯畫裡的裸女有塞尚的影子（尤其是裸女牽手圍成一圈跳舞），儘管乍看畫風迥異，譬如馬蒂斯的畫熱，而塞尚冷；馬蒂斯動，而塞尚靜。

7

塞尚不屑流俗，常粗服亂頭背了畫具出外寫生，鎮民把他當瘋子，有的小孩丟石頭打他。父親根本反對他從事藝術，其他家人，連鼓勵支持他的母親，都無法欣賞他的畫。妹妹瑪莉擁有一幅，人家問起便彷彿委屈回答：「他的畫我都看不懂。我這幅是他硬塞給我的，說他是當代最偉大畫家。」妻子也認為：「他不知道自己在幹什麼。」

8

對塞尚我是從不喜歡到喜歡，對國畫剛好相反。

年輕時愛水墨畫，初中時代甚至隨田曼詩學了一陣黃君璧派的山水，忠實臨摹枯樹岩石瀑布，複製那些看似自然其實高度人為的景色。越年長卻越對中國水墨畫冷淡，移情到了西方繪畫。這番轉變自己都覺困惑，只是從未去追究原因。就像從對塞尚反感到鍾愛，想想也是困惑，但也從沒去深入探索，直到現在。

這時半是在這種心境當中拿出一些積塵的國畫畫冊，前所未有地用心細看。不只是看，應說是讀，邊讀邊想，越讀越隔，除了缺少共鳴，還擺脫不了其中意境帶了矯情的感覺。一來，所謂意境幾乎是公式化的，無非清幽高遠之類。二來，布局結構幾乎也是公式化的。畫來畫去，畫了太多人自身，不管山水還是靜物，人自身的投射凌駕了對象本身。也就是，畫的其實是人自己。相對，西方繪畫比較務實，比較老實在追求表現外在的真。這是中西文化性格本質上的不同。

果真水墨畫重神韻空靈比西畫重寫實優越嗎？

以前我會毫無保留肯定，現在不了，覺得只是差別，不是優劣的問題。甚至覺得，看見外界本身實相，也許比總是看見人內在反射更重要。這個改變，應該來自浸淫西方文化多年，還有是和年歲增長，觀念與心境隨之變化有關。

9

二〇一四年夏末，我們開車送友箏回匹茲堡大學，回程途中越過阿帕拉契山脈，看遠近山嶺林木田野，層層明暗各種不同的綠重疊交錯，織出綿延寬闊的景致。這條路走了許多次，沿途景致熟悉，這時因為一直在讀塞尚研究塞尚畫冊思索塞尚，看著看著忽然間似乎長出了「塞尚眼」，看見就像他所說的，物象是以色面而不是以線條構成，但又不太確定，因為那色面會突然消失，又回復明暗和界線的原狀。不免想這色面／色塊果真是外在的真，還是觀者的詮釋？是畫家發現了物象構成的肌理，還是只發現了一種新的觀看方式？我來來回回掃視眼前景物，努力進到塞尚的腦袋裡去，製造出塞尚畫裡的世界，但並不全然成功。我可以辨認塞尚風格，但無法說出他究竟在表現什麼，除了塞尚的畫就像塞尚的畫，只有他畫得出來。

如果塞尚要成為塞尚須得經過一輩子努力才做到，旁人要變成塞尚豈不更難？而長期浸淫西畫，要我一下子長出董源、范寬、郭熙的眼，豈非不可能？

話說回來，記得初到新墨西哥時，車在長天闊地間奔馳，我便是以中國橫軸長卷多重視角的眼移過景物，覺得西畫比不上。那是好些年前的事了，而山水顧自山水，人眼裡的山水卻在是與不是間出入了幾回。誰也不知道再過幾年後，我的眼光會看出什麼樣的風景。

再

1

豐子愷有篇散文〈漸〉，談自然時序與生命現象緩慢遞移，最終造成劇烈變遷的力量。首句就點明：「使人生圓滑進行的微妙的要素，莫如『漸』；造物主騙人的手段，也莫如『漸』。」

有天不知在做什麼，腦裡一亮冒出了「再」這個字，不止是一個字，而是一些相關片段，一個構想：寫篇有關重複的東西。

我喜歡重複。也不喜歡重複。

喜歡的書喜歡的電影會重看，喜歡的地方會重遊，喜歡的歌天天放，喜歡的衣服一穿再穿直到破爛，喜歡的題材一寫再寫。不過，閱讀看到陳腐字句就倒胃，碰到講話老是同樣幾句就煩，喜歡的食物連吃幾次就膩，同樣問題B問我超過一次就皺眉，超過兩次便足以勃然變色，寫作上總在探尋新途徑。我討厭重複。

唯獨，我們離不了重複。

人生若不是重複，是什麼？

每天起床上床離家回家，日日如此，天天如此。今天為生活操煩，明天為生活操煩，後天大後天一樣操煩。肚子餓了填飽，飽過以後又飢。重複又重複，沒完沒了，生命便是為了伺候腹中那無底洞。大自然也是。日夜循環，季節周而復始，年復一年。

豐子愷的漸其實有個孿生姊妹，就是「再」。

2

最能領會「再」的妙處，莫過於孩童。一個故事百聽不厭，喜歡什麼便全心投入。相信新不如舊，那是純真。求新，求變，本質上是對舊事物的不忠。風俗習慣要求循規戀舊，知識科技追求破壞更新。思考是對感覺的背逆，顛覆欲望先天的獨裁。文字是對現象世界的反叛，形聲色味轉為抽象符號取代。我們在前進和後退兩極間來回，不是厭倦傳統，便是懷念過去。

我是個「再」的信徒，也是叛徒。

一本書若值得看一次，便值得看第二次，甚至第三次第四次。同理，一個地方若值得一遊，便值得一去再去（豐子愷剛好最討厭舊地重遊）。當初讀到納博科夫說「閱讀便是重讀」，似懂非懂抱持懷疑，直到一再親身體驗才真正懂了。

初讀的驚喜，絕對比不上重讀的領會。一本書所以好，在於層次，在於立體，有前景，有後景，有主線，有支線，有明言，有隱喻，可以早晨讀，可以夜晚讀，可以變換角度讀，當然也就可以變換年紀讀。

不過，生活若單單重複，怎能向前？

然而，一件事若禁不起重複，又有什麼價值？

3

有的人年年重讀《紅樓夢》，或《追憶似水年華》，或《安娜・卡列尼娜》，或《傲慢與偏見》或《尤利西斯》。可惜我不屬於這一群。

我重讀的書不多（遠比不上重看的電影多），總忙著追逐新書。只有一些作者例外，譬如李白、杜甫、契訶夫、裴娜樂琵・費茲傑羅、艾莉絲・孟若、尼采、梭羅、卡繆等。比較有心，或者說帶了鄉愁，去重讀喜歡的書，是最近幾年的事。視線倒轉，無疑是年紀的徵象。

喜歡的書那麼多，重讀過的那麼少，身為作者是不及格的。我老覺腹中無物腦袋空空，這是一個原因。還有是太貪，涉獵眾多而吸收極少，簡直是浪費時間，浪費生命。仍然，環視書架，畢竟大半看過。需要的是重讀，再重讀。需要的是時間，還有心境。

這裡我蓄意用重「讀」而不用重「看」，因為讀比看有心，速度放慢，忽然無數細節紛至沓來，把玩不盡。一本書千頭萬緒，只看一次能看見多少呢？浮光掠影而已，充其量只能說看過，而看過便等於錯過。唯有經由重複閱讀，才能逐漸領略其中好處。

相較一般讀者，寫作者格外需要重讀，作法不同。有的作者一再研讀記誦，有的甚至抄寫全書。我從沒認真到那程度（除了早年抄過一本詩詞），最深入閱讀只在翻譯時。滿腦袋句子，在中英兩個語言間衝撞，尋找合適的轉換（其實這問題在創作時也有，怎樣把現實轉換成文字）。常覺得腦子僵固如鋼筋水泥，硬是轉不過來。是在那時刻不斷的反覆衝撞當中，真真正正進到文字深處，與之俯仰起坐。有時覺得要迫使自己徹底研讀一本書，只有深吸一口氣鑽進翻譯裡去。當年翻譯《感情遊戲》（後來木馬譯本為《相愛或是相守》）和《出走》，才讓我把那兩本艾莉絲．孟若讀熟了

（不敢說讀通）。

4

有人一本書看了二十次，一部電影看了三十次。這是真正癡情。我沒癡到那種程度，有些心愛的書和電影一再重複，然沒有超過十次的。那種沉浸其中的喜悅，怎麼傳達呢？一個人所見的神采靈光，另一個人或許看來不過破銅爛鐵。只有靠熱情來感染擴散，而無法以雄辯推介。

不久前才又重讀了裴娜樂琵．費茲傑羅的四部長篇《無邪》、《初春》、《天使之門》，大約都是第三次第四次。最後一本也最奇，寫十八世紀德國詩人諾瓦里的《藍花》，則記不清多少次了，好處無法言說。書前引用諾瓦里的話：「小說來自歷史的不足。」裡面另有一句：「如果一個故事以發現開始，便得以尋求結束。」讓人思索。不過這些句子和《藍花》之好無關，要知好在何處，只有自己去領會。

這次重讀《天使之門》，心想熟門熟路不需追蹤情節了，可以慢慢咀嚼，一字一句鑽研尋思。讀著讀著，掉進文字和故事裡去，哪還記得什麼分析研究。讀《藍花》也是，一路讀只見風光，忘了是在哪裡拐彎哪裡推門進去。

《天使之門》開篇就精采，寫劍橋大學城外一個狂風下午，柳樹彎折，牛倒在地上四蹄朝天的奇景，簡短生動，如詩。我曾不止一次試以自己的話簡述這個開場，總糟蹋得不成樣子。要體現原味，只有照原文一字不改，最好背下來。

奈及利亞父母，在美國出生，但在奈及利亞度過童年又回到美國定居的年輕作家泰居．柯爾（Teju Cole）在《紐約客》上短文〈家〉裡，寫他喜歡波蘭導演奇士勞斯基的電影《紅色情深》，在旅館裡看，在旅行巴士上看，在戲院裡看，在美國看，在美國以外看，一看再看超過十二次，這電影已經變成了他的家。

確實，當人一再回返到一部藝術作品裡，那作品已經成了一種心靈家鄉。而一部電影一看再看到這種程度，從每一細節汲取意義和樂趣，簡直就和讀書沒什麼兩樣了。《紅色情深》是波蘭偉大導演奇士勞斯基顏色三部曲的終極之作，把玩巧合和命運，我也看了好幾次。前兩部《藍色情挑》和《白色情迷》也好，看了兩次。不過最喜歡的還是《紅色情深》，喜歡那巧妙含蓄的敘述，喜歡那似乎虛無不道德但卻洞悉黑白的退休老法官，喜歡導演的運鏡和光色。處處可見紅，給全片溫暖和生機。《艾蜜莉的異想世界》裡也運用大量的紅，效果類似。柏格曼《哭泣與呢喃》裡滿室深紅，卻無比陰森恐怖。

由此想起法國電影《紅氣球》，講巴黎一個小男孩和一隻紅氣球的友情，對白稀少，只有情景，然捕捉到了童年的天真無邪。從前看過幾遍，才剛又看了一遍，驚訝細節記得之少而錯誤印象之多。像居然不記得還有其他顏色的氣球！結局更不用講了。不過還是一樣喜歡。後來侯孝賢也拍了《紅氣球之旅》，企圖心大了許多，反而原先的意境全失。

看得最多次的是《我的璀璨生涯》（*My Brilliant Career*），好一段時間幾乎年年看，先是錄影帶，然後換成影碟。一九七九年的低成本澳洲片，拍得賞心悅目，但不乏瑕疵，難得的是從製片、編劇到導演、服裝設計都是女性。講一個貧窮年輕女子為了追求寫作回絕愛情，女權思想包裝在羅曼史裡，在那年代很前衛。

原作也算讀過兩次（有的地方跳著看的），傳統言情小說，但熱辣激昂，有骨有刺，寫各階層人物跳脫生動，比電影有深度多了。讓人驚歎的是麥爾斯．富蘭克林（Miles Franklin）寫這書時才十八歲，初稿只花了半年。女主角瑟比拉高傲任性但聰明堅決，給初出道的朱蒂．戴維斯演活了。片裡有句話：「為了獨立，寂寞是個無比的代價。」我每聽到都一震，知道滿是爛棉絮的自己通不過那試煉。

5

喜歡旅途電影，所有電影我其實都當旅途電影看待，看到喜歡的景致，譬如沙漠和荒原便叫：「我要到那裡去！」因此像《巴頓將軍》、《阿拉伯的勞倫斯》、《英倫情人》和英國影集《戰火浮生》（*Fortunes of War*）這些片一看再看。小片像《跌出地圖》（*Off the Map*），全片在新墨西哥東北的高原沙漠裡拍攝，想念新墨西哥了就放來看。老實說才又忍不住重看了兩次，搬到新墨西哥的多年舊夢再度熊熊燃燒起來。

英國片《旅途》（*The Trip*）看到近乎熟爛。原是電視影集（沒看過），剪接成一個半鐘頭的電影。一對勉強算朋友的演員開車遊歷英格蘭的約克郡荒原和西北湖區，造訪古蹟並一路吃喝評鑑餐館。沿途草野矮牆山色湖光，簡直就是為我拍的。此外兩個主角一路鬥智鬥技，使勁全力互相挖苦嘲諷，你來我往十分精采。尤其接近結尾史蒂夫應羅伯要求當場演出的即興悼詞，犀利無情又真摯動人，光看這段就值得。不久前出了續集《享受吧！尋味義大利》，明知必然遜色，還是非看不可，而且是上戲院看的（之前是先看網路下載然後買了影碟）。

不過還是看了三次，半做功課半消遣。有趣的是，第一次在戲院看大失所望，在家第二次還是不斷搖頭，到第三次有如老友，不再挑剔，甚至找理由替它辯護：「其實沒那麼糟，有些地方還是有意思，不少意在言外的東西……」真的，儘管沒有上集的流暢天成和歷史感情，我不斷找到微妙可喜的地方，譬如一句對白、一道眼神、一陣爽朗的笑聲。

兩片表面都使盡法寶逗笑，骨子裡卻充滿了焦慮：事業、家庭、性愛、年紀。史蒂夫說：「過了四十歲每件事都讓人筋疲力盡。」續集尤其，兩人不過中年卻三句不離死亡，和明豔的陽光海洋對比，格外詭異。為什麼呢？是英國人靈魂比較蒼老，對死亡的意識比較強嗎？還是導演麥克・溫特波頓（Michael Winterbottom）刻意震撼觀眾，提醒我們良辰美景再好，死亡隨侍左右，生命是一條無人生還的旅途？

6

風雪來來去去，二月蹭到了三月。路旁仍冰雪一片，在陽光下融化滴水，屋頂上的雪幾乎化光了。後院幾簇貼地雪蓮開了小小白色鈴鐺，一位加州朋友說他的橘花香得不得了。

「漸」意味變化，一點一滴，日積月累，永恆不絕的遞移遷化。而感覺上，就像兒歌唱的：「太陽下山明天依舊爬上來，花兒謝了明年還是一樣地開。」「再」似乎是無窮反覆，原地踏步。

由「漸」深入去想，一而再再而三的重複其實是不可能的。因為漸，每一刻都不同於前一刻，每一天都不同於前一天，只是我們不夠敏銳，無法立即察覺而已。直到有一天，彷彿倏然之間，帝國衰亡，城牆倒塌，滿樹黃葉落盡，鬢邊白了，對鏡看見父母的臉孔。

春天雖然在望，冬還是冷，盤桓在凍寒邊緣，以彷彿冰河的速度爬行。薄陽無力，室內溫暖正好回味既往，潛入老書舊片裡去。只是年復一年，今天的我已不是昨天的我。一水不能二渡，所謂重讀重看無非錯誤印象，應該說，每一次都是初讀，重讀重看其實是第N次的初讀初看。溫故所以知新，只因發現了以前錯過的地方，領略了以前沒能理解的部分——這需要時間，需要成長。

掃視書架，往昔如兵忠心耿耿站在那裡。實則每個只此一回的日子，每個分秒消逝的時刻，漸漸，漸漸，在彷彿凝凍的無限重複當中，已經越行越遠越模糊。你看，書頁泛黃，連書都老了！
接下來，該重讀哪一本呢？
全部！這念頭一閃而逝。

如果有人問我世界是什麼形狀

1

如果不是搬家，也許不會重看這些書。

那一陣，才搬到南加不久，夏末，每早十點左右，陽光氣溫正好，我帶了三本書到新家邊上的園子裡，邊喝咖啡邊輪流看。《看電影的人》（*The Movie Goer*）和《在我媽媽家的三天》是小說，《到聖．吉歐方尼的路》（*The Road to San Giovanni*）是散文。這些書多少年沒碰，這時並排閱讀，發現無巧不巧，都觸及存在的意義和什麼是真實的問題，尤其是最後一本。

《看電影的人》是美國南方作家瓦克爾．波西（Walker Percy）一鳴驚人之作，獲得一九六二年國家書獎，寫一個三十幾歲的年輕人對未來的迷惘。文筆驚人之好，只要隨他的句子順流直下，每一字照亮的地方都充滿了意義，值得反覆把玩。沙林傑的文筆也有這等魔力，讓人輕易便沉湎其中——《麥田捕手》迷死人這是一大原因。等浮出文字回到現實，一切陡然生冷空洞許多。

《在我媽媽家的三天》是法國作家方斯華．偉更斯的小說，二〇〇五年度龔古爾獎得獎作品，寫一個作家文思堵塞，一堆等著交稿的書寫不出來，最後母親生病他去探望，在母親家住了三天才把書寫出來。書名有意思，內容也機智荒誕，小說中嵌了小說，我卻老覺不耐煩，無法進入情況。加上譯筆差，邊看邊修改，樂趣大失（除非當作是一種自我折磨的樂趣）。幸好偶有精采片段讓我一下驚醒，譬如敘述者寫到夢裡一大堆點子，感嘆：「唉，我是不能一邊寫作一邊睡覺的。於是，睡著的時候覺得自己真是個天才，而一覺醒來卻發現人生很恐怖。」又有個地方談到死亡，說：「活到最後一刻卻不知道什麼時刻會死，是神靈給我們最美好的禮物。那些神靈，不管叫什麼，光是出於這點，我們就該信奉他們。」奇特的角度，我從沒想到可以這樣看。

《到聖·吉歐方尼的路》是卡爾維諾的回憶錄。說回憶錄不盡正確，其實照卡爾維諾自己的說法是回憶練習。他本來打算寫一系列許多篇，可是沒過多久就死了。他的遺孀在前言裡簡述這書緣起：「一九八五年春有一天，卡爾維諾跟我說打算再寫十二本書。」緊接糾正自己：「我這說的是什麼話？……說不定十五篇。」她沒點明一九八五年有什麼特別，是從書前作者小傳我才發現他就是那年死的。才六十二歲，不能算早夭，但畢竟還年輕。這本書裡收了他在一九六二到一九七七年間完成，五篇獨立但相關的散文。

卡爾維諾是個講求用字精確的作家，說回憶練習確實抓住了這批文字的神髓——回到過去，試圖重現記憶現場。這裡重點在「試圖」兩字，因為他深知記憶不可信，在〈一場戰役的片段回憶〉裡尤其反覆沉思這點，因此不斷出現這樣句子：

「我現在怕的是但凡一個記憶形成馬上就變質了……」

「……無法告訴我們事情真相究竟怎樣，而只能告訴我們以為的樣子……」

「我不知道是在摧毀還是保存過去……」

「所有寫在這裡的只不過透露那天早晨的事我幾乎一點都不記得……」

可惜沒在我寫探討記憶那系列文字時撞見，不然正好放進去。

記不得第一次看這書是多少年前了。印象最深是談他小時看電影那篇，還有是第一篇，寫他與父親的不同，此外幾乎了無痕跡。可是儘管印象模糊，心底一直鍾愛這本書，好似有什麼特殊血緣。偶爾從書架上抽出來，光是看看那秋香色封面義大利山城景致也好，大多時候摸摸翻翻瀏覽一下就放回去，從沒再重讀過。這次搬家東西大亂，所有書架書箱暫時都堆在車庫裡，只有幾個箱子因洗衣機進水管漏水浸濕開封，裡面的書救出來疊在書箱上。有天我把它們稍作整理放到車庫角落一具高窄書架上，中途見到這本（連同前面提到的兩本）特地抽出拿進屋裡，準備再好好重看一次。於是那一陣子，便每天來回看這三本似乎迥異卻隱約相呼應的書，重溫周旋眾書的樂趣。只不過，這次是以一個異鄉異客的身分來讀，加上年歲，心境大不相同了。

在頭一篇〈到聖・吉歐方尼的路〉裡，卡爾維諾描述父親與自己性格上的巨大差異，提到什麼是「真實，可以觸摸的」，因而導引我們去看視這個問題。他父親是熱帶農作物學家，熱愛草木和農藝，對他而言，真實是眼前周遭各式各樣生生不息的植物世界，其他不過是附加的。卡爾維諾恰恰相反，對草木毫無興趣，熱衷的是山下城裡充滿文明新奇的世界。更重要的，吸引他的不是外象，不是山石草木城鎮所有外在於你我可以觸摸指認盤桓的物事，而是一種感覺，一種認識，一種從內在發出然後及於外在的東西。也就是，先經過人類想像投射與意識詮釋吸收而後重建的東西，譬如電影的世界，以及他最終投身的文字世界。因此他的真實是經過概念抽象化過的，從實存物事出發然後上升盤旋到某個清冷的高空，迥異你我所知那種有體有形有大有小有軟硬有冷暖種種特性，讓人可以置身其中又或者置身其外，不需經過感覺思考加工，毋待人類認可證實，古老原始自給自足的物質世界。

2

坐在這裡，新家外的花草樹木間，面對近山遠山和坡底已經熟悉卻依舊陌生的景觀。再一次，不確知身在何處，這一切恍惚不真。心靈鐘擺懸宕在過去未來中間，這難以描述的感覺不斷回來，像音樂裡的主旋律，尋找自己，回歸自己，肯定自己，而後又質疑自己。這樣強烈，將我困在真與不真之間，無法脫離浮塵懸空的狀態，讓自己降落靜止不再懷疑。

《在我媽媽家的三天》裡敘述者有句話說：「有時，我覺得現實是我一邊創作一邊虛構出來的。」那敘述者是個作家，難怪會這樣說。不過他不是第一個。偶爾偶爾，我也有類似感覺，因為創作萃取提煉體驗，比原來更加鮮明逼真。

美國作家詹姆斯．索特的長篇小說《如此》（*All That Is*）最後一句也類似：「然後有這樣時刻你覺悟到一切都是夢，只有那些經由寫作保存下來的才會變成真的。」

也許這只是敘述者個人一時的想法，也許是作者自身寫作多年後深切的感悟，無論如何，背後涉及外在真實與內在認知的角力，也就是唯心論與唯物論兩派哲學爭論的中心。只因強力的外象並不就證實一切都是真的，心靈可以創造遠比外象更加逼真的幻象，也可以在一念之間便將一切灰飛煙滅化為虛無。說夢幻泡影，說海市蜃樓，我們深知表象的脆弱。

這種出入虛境實境的感覺，在面對故鄉異鄉的差異對比時尤其強烈。無疑第一故鄉是初始原真，是一切的根本和源頭，異鄉只是短暫的替代。然後時間過去，故鄉逐漸滑入背景，異鄉轉而取代，成了新的真實——這才是停靠自我真正生活的所在。

在時間的水平儀上，哪個真哪個不真不斷在游動，直到靜止在一個平衡點上——設使心找到那平衡點。

一天我們又坐在園子裡吸取陽光空氣。

我說：「不管這一切再怎麼好，還是覺得怪，好像在異星球上。」B也有同感。感覺有如露珠在蠟光葉面滑來滑去，沒法滲透深入。

我們還沒能找到那個平衡點。

3

《到聖．吉歐方尼的路》最後一篇〈來自隱晦〉，相較前面四篇，要抽象許多，這樣開頭：「如果那時有人問我世界是什麼形狀，我會說是斜坡……」

我抬頭看看遠方，不禁要回應：是的，斜坡，圓圓的山丘，一座又一座……

這時若有人問我所在地方是什麼樣，我會說藍天、陽光、山丘、紅土、風沙、仙人掌、棕櫚樹、橘子樹、鱷梨園，和蜂鳥、烏鴉、鴿鷹、鴨子、走鵑、山羊、小野狼。什麼是名詞？不過是現實世界林林種種的代號。這時發現，堆砌名詞，便足以建構世界，動詞、形容詞幾乎沒有必要。所以美國詩人瑪莉．奧力佛（Mary Oliver）在〈早晨〉一詩裡給了我們一串名詞：「蜂鳥、狐狸、烏鴉、鴿鷹、海豹、蜻蜓、蓮花，以及更多更多。」和我前面列舉的名詞有些重疊，而她寫的是新英格蘭的草木鳥獸。不能否認，我想念新英格蘭。

名詞的世界具體真實，然而，對這具體真實我們知道多少？面對園裡眾多陌生草木，我不知所見是什麼，只見有的開花結果，有的葉子落盡好似枯木。

娥蘇拉・勒瑰恩的少年奇幻小說《地海巫師》裡有一幕，寫主角蓋德在巫師學校的噴泉天井裡：「在那一刻蓋德懂得了那隻鳥的歌、水落入噴泉的語言，以及雲朵的形狀、拂動樹葉的風的來處去處：對他而言，他自己是陽光吐出的一個字。」

這時，如大多時候，頂上豔藍天，白雲來去，微微有風（通常午後加強），鳥雀在樹間飛舞，鷂鷹在高空翱翔，蜥蜴在石上曬太陽。我遊目靜看，充滿好奇欣喜，但從沒達到蓋德那種「懂得了」，感覺「是陽光吐出的一個字」那種境界。沒有忘神，自我意識畢竟太強，將我與外在這一切隔離，容許我觀看，但不允准我融入。怎麼到了這裡？這些仙人掌鱷梨樹與我有什麼關係？這裡是他方，不屬於我。可是九重葛牽牛花夾竹桃扶桑花將我帶回台灣。啊，感覺有點錯亂了！

反正，我不是卡爾維諾的父親。擺脫不了生客的身分，我仍然是個不知怎麼與這裡一切銜接交融無間的外來人。日日強大的陽光，仍沒能照亮處處掩藏的隱晦。

冬季尚未結束，春早已來了。春草春花，這個世界彷彿才剛開始，全新的。

一個詩人的威尼斯

1

年復一年，詩人在寒冬時節來到威尼斯，連續十七年。陰灰，冰冷，潮濕。海潮湧漲，有時街道淹水沒脛。沒有遊人，居民躲進室內，商店關了，只有霓虹招牌閃亮。為什麼偏偏挑那時去呢？一些紐約編輯問。

確實，為什麼呢？詩人覺得難以回答。儘管一出威尼斯火車站，嗅到冰凍海草的氣味，詩人便充滿了欣喜。

詩人來自冰冷北國，不耐暑熱，絕不夏季到水城，倒貼也不來。但水城的陰灰冰冷潮濕，在在召喚他。生於波羅底海邊的水沼地，他本性屬水。那許多年裡，不管待的時間長短，詩人是既快樂也不快樂，一半一半。而快樂與否其實無關宏旨，他早已學會漠視情緒這件事。即使在水城並不愉快，隔年他還是會回來。就這麼簡單。正如他的故國鄉城，是再也回不去了。

總之，詩人來到水城並不為了追求快樂、浪漫或是任何其他理由，他來這裡寫作、翻譯，運氣好的話，也許寫幾首詩，不然，單是自在逍遙。

冬天的威尼斯是個灰色城市，許多種不同的灰。威尼斯也是個魔魅城市，建築上許多各式各樣怪獸，尤其是長翅的獅子。詩人特別喜愛這飛獅圖騰，甚至放在自己一本書的封面上。

沒有比威尼斯更美的城市。詩人反對水城是座博物館的說法，認為水城本身便是座絕頂藝術品，不要更新，也不要挽救，順其自然就好。

十七年來，詩人帶著衰弱的心臟來到潮寒寂寞的水城，不知什麼時刻心臟會遽而停擺。二十八歲時，因為朋友借了他一本背景是冬日威尼斯的法國小說（一位俄國詩人的譯本），他夢想有朝一日來到水城，住在一棟大樓底層，聽過往船隻濺起的潮水打在窗上，寫兩首輓歌，抽菸，喝酒，咳嗽，沒錢了便買把廉價手槍轟自己腦袋——「沒法自然死亡。」頹廢耽溺的幻想，詩人自己也承認。然而那時有點腦袋的人，都不免這類幻想。

實則，清晨在威尼斯嘹亮的鐘聲中推開窗，灰色霧氣帶著水城的美漫進來，詩人覺得，不管什麼藥丸，多少顆，在這個早晨都得吞下去——「你的時候還沒到。」水城的美，給了詩人希望。

《水痕》（*Watermark*）是詩人的威尼斯之書，寫時間，寫冬寒，寫孤獨，寫光與影、生與死、美與愛。

最終詩人死在紐約，葬在威尼斯的聖．麥克島上，可算如願以償。

2

《水痕》是原籍俄國後來歸化美國的詩人約瑟夫．布洛斯基（Joseph Brodsky）的散文，寫他和威尼斯的戀情。至死不渝，可以說。我起碼讀過三次，喜歡內容，也喜歡書體設計和拿在手裡的感覺。

然而這書並不容易讀，像冬季威尼斯帶著寒冷的氣味。起初正是那孤高清冷的韻味誘人，還有是不時出現的，帶了詩意和哲學味的晦澀句子，像：「我總以為上帝便是時間……」、「時間的形象是水……」，讓我止步回頭思索。隔些年再讀，仍覺魅力不減，還是喜歡。

這次讀來，隔了不知多少年，感覺大不相同。讚賞淡去，生出了反感：幹麼拿這種高人一等的語氣？不能像常人講話一樣敘說嗎？激烈時簡直氣憤：何必這樣冷淡造作？

這樣巨大差異連自己都驚訝。其實，即使在以前，欣賞歸欣賞，還是多少覺得格調太冷了些，不容易親近。只不過現在我對那孤冷的反應放大許多，超過了喜歡，肯定因而變成了否定。但這不表示我就把書丟開不讀了，完全不是，我還是來回閱讀，想要理解和吸收，甚至因此去讀他的傳記。

無論如何，《水痕》是我鍾愛的書，在我心目中帶了獨特地位，沒法推翻的。現在的反感只是出於惋惜：若他換個語調，譬如有點周作人的自貶自嘲……。年歲增長，讓我對高姿態的雄性風格越來越不耐煩。說雄性，因為總是男性作者容易擺這種「我想過因此比你知道」的架勢。年輕時我比較不質疑這種姿態，因為自己也正追求那種高人一等。讀讀寫寫一路行來，漸漸才發現能夠與讀者平起平坐其實更可愛可貴。再了不起的作者，也不過是普通人，脫俗並不等於傲慢。因此《笑忘書》以後昆德拉在我心中地位很快下跌，而我敬重多年的約翰．伯格，現在有時硬是難以下嚥（他實在太嚴肅了），幸好還是覺得他的思想高人一等（起碼高過我許多），毫不過時。

重讀《水痕》，因為想到許多年前的威尼斯之旅，連帶想起一些讀過的有關威尼斯的書。譬如，歌德《義大利的日子》（*Italian Journey*）、卡爾維諾《看不見的城市》、詹姆斯《義大利時光》（*Italian Hours*）和阿城《威尼斯日記》等。相對於這些書，《水痕》十分醒目，原因正在那孤冷風格。寫的是威尼斯，又不盡然。不是詩，不是遊記，也不是貼心的自白，倒像札記，不談他特地去參觀教堂或美術館，也不抄寫一些水城歷史，而隨興記了一些回憶和思索，間雜一點私人細節和坦誠肺腑的真心話。

所以嚴格來說，並非從頭冷到尾，裡面藏了一點星火，如愛情。

詩人筆下的愛壓得很深，僅有的兩次也不過淺淺觸及，提到某人芥末和蜂蜜色的眼珠，以及一次借住的公寓暖氣失調，她為抓鬮輸了又得靠牆睡憤憤不平——石牆吸寒格外冰冷。這個稀罕小節帶了同樣稀罕的喜劇感，讓我如獲至寶來回品味。

另一處同樣讓我珍愛的，是寫威尼斯冬季特有的霧，濃不見物，厚得可以切割。如果你冒著濃霧出去買菸，便可以順先前在霧中穿出的隧道回來，那隧道可以維持半個鐘頭。

想像那情景：凝凍如豆花的寒霧，咫尺不可見的迷離恍惚。

雲霧飄渺的山色動人是有理由的：美需要隱藏，需要神祕。

我見到的是盛夏豔陽下的威尼斯，霧中威尼斯只在攝影集裡看過，是真美。

詩人花了相當篇幅寫美，譬如：「美是撫慰，既然美是安全的。」

也寫愛，尤其是對城市之愛：「愛是無我的情感，是條單行道。」

《水痕》最後以愛結束：「因為個人的愛，也比個人偉大。」

3

我的《水痕》書中夾了張舊《紐約客》撕下來的一頁，紙面發黃了，不記得是什麼時候夾的，上面是一首波蘭詩人米洛許（Czeslaw Milosz）晚年的詩〈卡布利〉，以八十高齡回顧一生，裡面有這樣句子：

「然而是在那裡，在那條河上，我經驗到了完全的快樂，
那歡欣超過任何想法或關懷，
依然長存在我體內。」

米洛許和布洛斯基有不少相似處，如都是流亡詩人，都獲得諾貝爾文學獎（米洛許於一九八〇年），最後都定居歸化美國。應是基於這個原因，我把這首詩夾在《水痕》裡。

布洛斯基在《水痕》裡也不時談到快樂，從一出火車站嗅覺帶來的狂喜，到他置身水城卻未必快樂，以及某個時刻心情忽然大好，覺得自己是隻貓，才剛吃了魚：「那時若有人跟我打招呼，我大概會喵喵叫。我是絕對的，動物似的快樂。」

書開始不久，他思索快樂的根源：「我猜想，是發現你自己構成的元素自由了的那一刻。……在那寒冷的空氣裡，我覺得踏進了我的自畫像。」

換句話說，在水城，詩人是如魚得水。

布洛斯基曾在安娜堡的密西根大學教了好些年書，讓我覺得他更親，因為我也在安娜堡念書居住多年，對那裡有深切感情。後來他換到了東岸的一些大學，也在巴黎教過書，最後定居紐約。

一九八七年布洛斯基得了諾貝爾文學獎，有人問到他複雜的身分背景，詩人答：

「我是個猶太人，俄文詩人，英文散文家，以及，美國公民。」

《水痕》出版後四年，布洛斯基死於心臟病突發，才五十五歲。

讀寫手記

1

近讀《人間詞話》和《幽夢影》，發現根本就是手記，大喜。兩書許多年前就讀過，但不曾像這次拿來並排比較。還是覺得《人間詞話》比較好看。文字比較現代，而且有的地方做了解說。

2

第十七則將詩人分主觀與客觀。客觀詩人「不可不多閱世，閱世愈深，則材料愈豐富，愈變化」，主觀詩人「不必多閱世，閱世愈淺，則性情愈真」。前者如《水滸傳》、《紅樓夢》作者，後者如李後主。

王國維極推崇李後主，他的詞不但「神秀」，而且感慨深，氣象大，是「用血」寫的。譬如他的「自是人生長恨水長東」、「流水落花春去也，天上人間」。拿他和宋徽宗相比，徽宗「不過自道身世之戚」，後主則「儼有釋迦基督擔荷人類罪惡之意」，格局大小不同。

確實，「自是人生長恨水長東」，平平淡淡九個字，道盡了人生無奈，多少落花流水曉風殘月都比不上。每當我感慨至深，心裡冒出的總是「人生長恨水長東」這句。

3

小津安二郎談電影配樂，說不喜歡但凡悲劇就用哀樂，喜劇就用喜樂：「有時候，悲傷場面襯以輕快曲調，反而突顯悲愴感。」舉了一個親身經驗的例子。日本攻打中國時渡修水河那場戰役，他就在戰場第一線，戰壕附近有棵杏樹開滿白花，轟隆轟隆的槍炮聲中，「一陣風吹來，白花非常優美地飄散下來。看到那個景象我心想：這也算某種呈現戰爭的方式啊！」

讀到這不免兩個意念打架：一個是完全同意他的見解，一個是暗自叨念他所以在中國是為了殺中國人。

戰時他從中國寄給親朋的書信裡有種種關於中國經歷的描述，饒具趣味，唯獨不見把中國人當作人來看待。這個小津一方面是藝術家的小津，同時也是為國殺敵不疑有他的皇軍小兵。很難把這兩個形象疊在一起。現在重看他的電影，腦後有了另一個小津的陰影。也許少了一點尊崇，多了一點質疑，還是不能一舉抹殺。小津畢竟是小津。

4

王爾德說：「對歷史我們唯一的義務是重寫。」

他最後的悲慘下場，更增添了這句話的沉重。

5

為了寫小說搜集資料研究要做到什麼程度？

英國劇作家湯姆．斯托帕德（Tom Stoppard）勸告蘇格蘭小說家艾莉．史密斯：

「不管你讚研到什麼程度趕快停下來，不然就沒有想像的餘地了。」

多少現代小說不正是反其道「研發」出來的？

6

吳冠中文集《畫裡陰晴》說：「概括地看，相對地說，西方美術偏重形與質，而中國美術則更偏重神與韻。」進而舉出郎世寧作例子，他不見韻律之美，「謹毛而失貌，求媚而失美」。倒是「梵高及馬蒂斯……汲取了東方的韻律感，是西中結合的成功經驗。」

「神韻」的韻我總以為是韻味、風韻，是視覺的，原來卻是韻律，著重動感，亦即生命力本身。我也從沒想到這兩人的畫和中國藝術的關聯，只知道他們受日本浮世繪很大啟發。我特別注重的是他們畫裡狂放冶豔而又天真爛漫的東西，這在中國畫裡比較少見。

7

重讀木心《素履之往》，對那或文言或半文言體竟十分不耐煩，儘管有的句子幾乎引我叫好。譬如一段形容他在陽台上看一對波多黎各青年快樂走來：「醜陋嫵媚至極，怎會這樣快樂，怎會這樣快樂的呢？齊克果看了又得舉槍自殺一次。」「嫵媚」在這裡特別搶眼，重複兩次「怎會這樣快樂」也增添了聲韻和戲劇效果。

可是說：「思維不具生物基礎，思維是逆自然，反宇宙的。」就讓我絆了一大跤。

這說法從何而來？關於人類，有什麼不具生物基礎？

正如生物大小作為都無法脫離身為生物這件事，不管自以為多麼高超，人畢竟是生物，所有一切都與身為生物有關。

8

豐子愷多妙句，如：

「鑑賞就是被動的創作。」

「名勝古蹟的地方大多只能回味而不堪觀賞。」

9

喜歡豐子愷，並不表示不能也喜歡周作人，這不是魚與熊掌的問題，我卻一度在兩人間為難。

豐子愷年輕時就看過，周作人是最近才第一次看，雖然一向知道他是小品文大家。他哥哥周樹人（魯迅）的東西倒是看得比較多，喜歡的卻很有限。

忽而看起周作人，因為住在妹妹家時在書架上發現了兩冊《周作人文選》，洪範出版，楊牧編輯。拿下來隨手翻翻，興趣不大。絆在那個時代的文體和腔調上，覺得有點「霉氣」。挑挑揀揀，前後跳看，在一些很有性格的句子尖峰上衝浪，生出了興味，心想這傢伙有意思（不過暗地覺得還是比不過豐子愷），最後竟看得差不多，相見恨晚了。

10

楊牧序裡一再讚美周作人文筆如何簡潔典雅雍容種種，雖然不錯，可是對我最大的吸引在字裡行間流露出來的作者其人，而非文采。率直親切又帶淡淡幽默，給人怎麼想就怎麼說的印象，似乎並不用心琢磨文字，而是自然流露。一篇篇讀下來，浮現了他的氣味脾性，比如他感受纖細，卻又思想開放十分理智。覺得投合，可以交朋友。有的作者筆下高超，但渾身是刺，你敬佩但不敢接近，譬如魯迅。周作人不同，有不同尋常的意見，卻未必有自以為是的架子，尤其時常筆下自嘲，讓人微笑。魯迅雜文幾乎找不到幽默感，不是尖酸就是沉重。

11

《周作人文選》裡有好些篇談寫作，最率直可愛的應是這句：「寫不好是苦事，覺得寫出來的文章無用又是別一種無聊。」

身為寫作人，深知他的感慨。除了難，還有是擺脫不掉的無用之感。周作人相信文章無用，持這種態度的寫作者很多。英國詩人奧登（W. H. Auden）名句：「詩不引發任何事。」同樣意思。寫作者因此不免邊寫邊自嘲，畢竟沒人逼迫，那文字牢籠煉獄，都是自找的，所以沒得叫苦。為什麼寫？因為覺得有話要說。可是你是什麼東西？你的話有什麼價值？更何況，可能寫得極壞，根本糟蹋筆墨。偏偏就有夠多傻子，明知枉然還是不顧一切跳進去。而正是這些癡心傻子（或是自大狂人），給了我們愛不忍釋的文學。

此外，有個地方我看來特別順眼，就是他用「文章」一詞，毫無避諱。顯然那時「文章」還是文章。看到他文章長文章短一無顧忌，真是舒服。不像現在要刻意避嫌，換成比較中立，不自以為是的「文字」。但凡需要用到「文章」，我總得小心以「文字」代替。起碼比起「文本」，「文字」還比較有人味，可以對面談笑，並肩同行。

12

艾比凱兒．湯瑪斯（Abigail Thomas）的回憶錄《接下來的是什麼，以及怎麼去喜歡》（*What Comes Next and How to Like It*）裡說：

「沒檢視過的人生誠然不值得活，檢視過度的人生卻是地獄。」

這話不止一個作家說過。

她的多年老友說：「我是個思考的人，做的就是坐在這裡想我該思考什麼。」

讓人微笑。

13

英國作家亞倫·班奈新書《繼續繼續下去》（*Keeping On Keeping On*）即將出版，包含日記、散文、演講、隨筆、劇作等，類似他先前兩本文集，本來他想叫這書《就是那樣》的。

書出前一個編輯說：「連他的購物單我都樂意讀，更別說整本文集了。」

14

菲利普·羅斯在《衛報》一次訪談裡說：「人人都有一件難事。所有真正的工作都難。我的工作剛好又是沒法做的。五十年來，一個早晨又過一個，我全無防備面對下一頁。對我來說，寫作是自保的法子。不寫會死，所以我寫。是堅持救了我，不是才氣。還有是我很幸運，不在乎快不快樂，而且我毫不憐惜自己。然而究竟為什麼這樣一件事會掉在我頭上，我一無所知。也許寫作保護了我，免於更糟的惡運。

現在呢？現在我是隻飛離籠子的鳥（倒轉卡夫卡難解的名句），而不是尋找籠子。困在籠裡的恐怖不再驚險刺激了。現在，除了死亡以外沒什麼值得操心，實在是極大的安心，那種感覺簡直就接近崇高。」

15

寫作，或任何一種藝術創作，失敗率是九成。

近似一個義大利物理學家的話：「我一般的工作天是做好幾頁計算，然後丟掉。我的工作有一部分是，接受我可能花費一生試圖證明一個可能錯誤的理論。」

16

有什麼時代，人不覺得生命荒誕嗎？

文學最善於表達的，似乎不是愁慘，便是荒誕。

17

卡爾維諾《不存在的騎士》敘述者說：「開始寫作時興沖沖，可是遲早筆尖乾旱的墨水只是刮過紙面，一滴生命也流不出來，而生命全在外面，在窗外，在自己外，似乎自己再也沒法遁入正在寫的紙頁，開展出另一個世界，越過鴻溝。」

可不是！

旅行回來以後

1

所以你興沖沖出門旅遊，裝了一肚子有趣新奇回家，然後端坐桌前想要寫下一路所見，卻屢試屢敗。怎麼回事？材料現成，只等化身文字，旅遊文字不是最好寫的嗎？看看安西水丸的《常常旅行》，多輕巧有趣！我不時便翻閱把玩，暗想盜取一點星火，卻也沒什麼幫助。

問題在，我不是發現沒什麼好寫，就是有太多可寫而不知怎麼寫。只因我的經歷是我的，那份趣味也是我的，獨獨屬於我。可是怎麼把我的變成大家的？或者更根本：那些我以為有趣的東西真值得寫嗎？

氣餒之餘有一篇乾脆倒轉目光直視失敗本身，這樣開頭：

「最近幾個月幾乎寫任何東西都是這樣，一概是零零碎碎，完全不成形狀。一種心緒維持不了幾分鐘，甚至幾行。一個以為可行的寫法（譬如語氣、節奏、格式或統攝的意念或主題），若不是馬上便失去魅力拋棄，就是過不了幾天就興致全失。每一種架構都有缺點，沒有一種寫法能讓我滿意。好像永遠處於一口氣提不起來，還沒邁步就已筋疲力盡的狀況裡。而這些本應輕而易舉的文字糾纏不去，卻久久無成。」

然也不能太自貶，我畢竟寫過不少旅遊文字，集成了《旅人的眼睛》。

不免奇怪：為什麼有時寫得成，有時寫不成？

其實大半時候寫不成。即使是那些「寫成」的，也只是過得去而已。

幾年前到西班牙去，在安達魯西亞玩了兩週，前所未有的愉快，帶著一身光華和數位相機裡許多照片回家，等心靜後端坐書桌前，試將那些鮮明感受化成文字，卻怎麼都不成。不是呂洞賓，趕石不成羊，最後不過零星片段如斷柱殘牆散布廢墟間，死在檔案裡。

更早到義大利也是一樣，滿腹印象感受，寫來寫去只是凌亂蕪雜一堆。最後放棄擱下，等將來時機對了起死回生。那個將來始終沒來。

剛剛才又跟西班牙那篇奮戰過，真像唐吉訶德鬥風車巨人，怎麼都打不贏。跟著想起義大利之行，於是搜索陳年檔案打開掃過，當年義大利所見的音容笑貌回來了，那時的困惑氣餒也都回來了。而隔了這麼多年距離，該有的冷靜客觀都有了，我還是不知道怎麼處理那堆凌亂的草稿。稍有點脈絡的起碼有三篇：〈義大利的石頭〉、〈看不見的威尼斯〉、〈觀光辯證法〉，不少地方彼此重疊。某些段落頗為有趣，早忘得乾乾淨淨：

「我遊了義大利至少三次。一次是人在那裡，一次是剛回到家讀相關書籍和畫冊時，還有一次是看相片時。」

「之所以沒法寫義大利，是因為同時想以兩種相反的風格來寫。一個是飛掠、壓縮的，像印象蒙太奇，一連串驚鴻掠過的意象高速剪接在一起，充滿了活力和驚奇，濃烈像一口之量的義大利濃縮咖啡。另一個是緩步從容，幾乎停駐，甚至坐下了，集中在每個似乎無關緊要的細節上，慢慢陳述，緩緩回味，進到經驗深處，那化腐朽為神奇的祕密源頭。當我飛快掠過那一幕又一幕的記憶時，卻又覺得走馬看花太淺薄無聊，完全無關宏旨。而若減速慢行，不慌不忙旁枝錯節，又覺得文氣凝滯讓人窒息。我有一肚子亂七八糟的東西，而在有文字前先有意象，在有意象前先有旋律。我只是不知道怎麼忽而飛掠忽而徐緩，儘管音樂就在調和輕重緩急，而詩人知道什麼時候奔放什麼時候低迴。此外我還不知道怎麼同時往北又往南。」

「我知道問題在哪裡，卻又不太知道究竟是怎麼回事。每篇有各自的問題，同時又有一個共同問題：我。人到中年，疲憊了，覺得原有的疑惑更深，對凡事否定多過肯定，覺得前面不是沒有路就是下坡路，覺得垮台，枯槁了。在該是一把火的地方，只有一堆僅留餘溫的灰燼。我又在一個大破大立的時候。誰在空茫中點燈？誰來為我燃起烈火？」

這些片段讓我登時成了歷史學家和考古人類學家，挖掘研究的對象是自己，以及寫作本身。

原來那時在無法成篇的困惑當中，其實很清楚寫不成的關鍵所在。且看這句「我又在一個大破大立的時候」，不能不驚奇。怎麼個「大破大立」法？究竟在想什麼？而那「誰在空茫中點燈？誰來為我燃起烈火？」兩句更為驚心，因為說的正是現在。而這時多少年過去，還是逃不了那步步危殆蠟炬成灰的感覺。

既然這樣，為什麼驚奇？

只因記憶太短太壞，不記得以前的自己，忘了走過的路。

那些句子召回了往昔那經常徘徊懸崖邊緣，無以為繼的感覺。

2

一試再試以後，終於找到角度、語氣和節奏，回頭寫成了西班牙和義大利旅行片段。〈那時我們在西班牙〉主要寫在安達魯西亞的農屋時光，〈看不見的威尼斯〉光寫了威尼斯一站，而且是比較殘破隱晦的部分。並非得心應手，但覺得嶇徑蜿蜒，沿途風光不錯，走起來小有趣味。寫的當中回到那個時空，又旅行了一趟。剩下更多沒包括進去的，也許就游離在完成之外，流落於札記草稿之中。除非什麼時候又覺得實在可惜，必須挖出來見見天日——不是沒有可能，問題在心境對，又能找到適中的角度。

其實不管寫什麼，總先要找到切入的角度，像拿到順手的刀。刀不對，太大太小太長太短或太鈍，都沒法披荊斬棘。而寫作本質上，是這樣一件深入草莽叢林，必須一路披荊斬棘的事。有路嗎？找得到嗎？在開始之初，總是毫無把握。就像英國作家朱利安・拔恩斯自述剛開始寫作時，一點都沒把握是不是有本事繼續下去，怕自己是只有一本書的料。成名作家早年這樣自我懷疑的很多，拔恩斯遠非特例。一步就響徹千古的畢竟稀罕，誰不是從卑微起步，一路戰戰兢兢半瞎半盲走來？

只不過，現代幾乎人人旅行，事後有必要寫下來嗎？

以前我會毫不遲疑說：當然！現在面對網路無所不有遲疑了：不見得，看情形……

問題是什麼情形？

旅行回來我總急切要捕捉旅途印象，生怕失落。是那些鮮明印象讓我飽滿生輝，覺得非記下不可。「寫成」的旅遊文字，便都極力再創那感受。也就是完全主觀，與其說是寫地方不如說是寫自己。因此我不能做記者，也不能當導遊。我筆下的地方，是一團感覺的阿米巴化成一束電光的顯影，他人未必看得見找得到，就算見到也可能大失所望：就這樣？有什麼好看的？如果我不是我，必然也要嘲笑。

3

法國攝影家布列松在《心靈之眼》裡說：「我去過許多地方，卻不知道怎麼旅行。」

說的是。我便屬於那種「不知道怎麼旅行」的人。

他每到一個地方喜歡慢慢深入了解，因此「沒法做個滿地球跑的遊客」。

我也是，每到一處只想靜坐不動，不然是以懶散到不能再懶散的腳步，慢慢尋訪，深深呼吸，直到忘了自己是旅人。加上愛重遊舊地，也沒滿地球啪啪走的欲望。而且覺得不管跑到哪裡，那種看見相當於某種意味的沒看見，如我在〈旅人的眼睛〉裡所說。

搬到南加後，一個週末我們開車上附近的山去，途中聽見一個姑且稱作廣播散文的節目，那人談不久前到德國旅行，之後回想一路所見，覺得都是細微偶發沒有代表性的事物。回家後朋友問德國什麼樣子，答：「不知道，我什麼都沒看見。」我不覺脫口：「這傢伙和我同一國！」

說什麼都沒看見當然嫌誇張，只是真拿了心靈之眼去洞穿實在，旅人沒那樣時間，更沒那樣心境。相對，感受快捷有力，那第一印象讓人豁然開闊明亮，銘心難忘。應是對那瞬即光燦的追求，吸引旅人奔到天涯海角，走過高山林野或大城小鎮，一次又一次，彷彿尋訪失落的自己。

也許因為這樣，讓我在旅行以後流連印象，嘗試記述重現，然後面對擱淺文字沙灘越來越多的漂流物笑自己多事，就像這篇無濟於事的小文。

何必驚動宇宙

又開了一箱書，中英文都有，從車庫拿進屋放到書架上。中文書不用說是我的文學書，英文書是B的物理、數學或生物書，好些是傳記，有的我看過。見到兩本特別想看挑出來，其中一本是原籍英國的美國物理學家弗里曼·戴森一九七九年的回憶錄《驚動宇宙》，追述他怎麼成為科學家的過程。（中譯本可惜成了比較詩意的《宇宙波瀾》，我還是寧可用接近原名的《驚動宇宙》。）

開篇就引人：「一個小男孩帶了一本書，高高坐在樹上。」我即刻也爬到那樹上，並肩而坐隨他看心愛童書《神奇城市》（*Magic City*）。

戴森文筆清晰流暢而且典雅，時空切換迅速，寫人寫事都活潑生動，親切易讀。斷斷續續看完，邊看邊畫線，暗自奇怪這樣一本有意思的書我居然沒看過。

第二章〈浮士德的救贖〉，寫他十五歲那年的聖誕假期。戴森的原型在這裡，所有他日後關心的事物也在這裡，整本書從此展開。之後我一再回到這章，還特地翻到這裡給B看（他其實老早看過），熱切討論。

十五歲時我想什麼？不太記得，大概已經開始沾染詩、藝術和哲學書籍，可確定的是無關死亡和毀滅。戴森不同，在這章裡寫下了觸目驚心的句子：

「極可能我沒多少年好活了，每一個不花在數學上的時刻都是可悲的浪費。」

「如果我注定十九歲就死掉，像許多第一次世界大戰時的年輕英國軍官，那我比伽羅瓦＊還短命一年。」

他家度假一向在英國東岸的濱海小屋過。小屋低於海面，亟需整修排水渠道，父親盼望兒子能和他並肩努力。可是戴森自有計畫，他帶了剛郵購收到的微分方程書，打算利用假期自學。也果真瘋狂投入，除了吃飯睡覺以外日夜不停。他有正當理由：

一他熱愛物理，而數學是打通關鍵的途徑；二那時正值二次世界大戰前夕。

歐洲二十世紀前半經歷了兩次大戰，相距不到二十年，幾乎不可想像。所以十五歲的戴森往前看心驚膽戰，自覺餘時無多了。在這種情況下，父親居然要他放棄學微分方程去挖地排水，簡直不可思議。因此他不顧一切，只管拚命做數學習題，一個月假期將盡終於宣告做完。於是隱忍了許久的母親邀他散步，一邊對他「曉以大義」。告訴他這樣為了數學排除一切也許現在覺得很好，可是有朝一日可能發現光是數學的世界空洞無歡。人必須活在人際之間，有家庭親人分享，生命才充實圓滿。他母親是個律師，從來關切人事第一。她引用歌德《浮士德》的故事，轉述浮士德怎麼為了知識和權力出賣靈魂，卻從不快樂，老來空虛痛苦又瞎眼，最後流浪到一個荷蘭村落，村人正合力修堤防水，他加入人群，豁然感覺前所未有的歡喜，頓悟這才是幸福快樂之道。

讀到這裡我即刻想：好母親！

戴森的反應則是：我還年輕，這番道理暫時沒用，只能擺到心裡留待將來。

戴森母親讓我想到自己母親，也想到自己如何做母親。像他母親，我母親是個深明事理的人，教養子女總是從理出發，以理誘導。我自己對友箏也是，在他成長過程中，對他「曉以大義」不知多少次，大概足以成書。我不免好奇：戴森母親知道自己那些話對兒子有任何影響嗎？我不知自己對友箏那許多番話是否有丁點效用。

不過從《驚動宇宙》，可見戴森母親的話分明有潛移默化的作用，他並沒成為一個只有科學沒有其他的狂熱科學家。而是有愛妻子女，此外一隻眼對準科學，另一隻對準道德宗教，他始終詢問人類在宇宙中的位置，怎樣才能消弭戰爭創造公平合理的社會。

第二章有個動人結尾。因為關切在即的戰爭，戴森開始追究戰爭根源，思索解決辦法。想了又想，結論是戰爭根源在於不公，進一步發展出自己一套的「宇宙同一哲學」，也就是：只有一個我，我們都是同一人。不公不義並不存在，因為你的悲慘也是我的。只要你了解若你殺了我等於殺了自己，便不會有戰爭了。他越想越相信自己這套哲學可以根絕戰爭，因此積極向朋友「傳教」。可惜大多人沒興趣，不是譏笑，就是見他就跑。只有一人勉強接受他的「教義」，但不肯幫忙傳教，最後他終於承認失敗。那個暑假在濱海小屋，換他邀母親散步，告訴她自己的宇宙同一哲學和傳教失敗的事，問她的看法，過了好一陣她說：「很久以來我一直就有類似想法。」

這又讓我想起書中讀到的幾個西方現代母親，譬如歐巴馬母親，和腦神經學家奧立佛．薩克斯母親。歐巴馬母親近似戴森母親，教給兒子一套崇高的價值觀，只不過更竭力盡心。相對，薩克斯母親雖然是個醫師，卻不免陷入猶太教教條，在得知兒子是同性戀時對他尖叫：「你是個可憎的怪物，我但願你從沒出生！」薩克斯受傷極深，從那時起遠離宗教。

《驚動宇宙》有個人史，有現代史，觸及許多大問題，如戰爭和科技的道德問題、宗教和信仰問題、人類未來何處去等，在在引我深思，可是最終縈懷不去的是他母親。我也喜歡他父親，第八章〈降E小調序曲〉裡寫勇敢堅持的音樂家父親，我也讀了不止一次。

《驚動宇宙》書名大膽搶眼，其實並非戴森手筆。他文學音樂造詣都好，尤其愛詩，書中常引用詩句。第三部分前面引了艾略特詩〈艾弗瑞德·普魯伐洛克的情歌〉片段，點明「驚動宇宙」出處。不過這裡驚動宇宙的不是他，而是科技。然讀完全書（有些章跳過），我自問：驚動宇宙又怎樣？

是的，摘星探祕，挑戰眾神，乃至取而代之，驚動宇宙多豪壯撩人！更何況既而為人，怎麼可能不驚動宇宙？首先，人造了神，不是嗎？

（這時窗外一隻黑白羽毛紅頂的啄木鳥飛來，停在正對書桌的棕櫚樹幹上伐木丁丁似的奮力鑿打，我急忙跳起來去尋手機拍照，一邊祈求牠不要飛走。）

這樣一本探觸深廣的書，我流連再三的竟是關係戴森父母的篇章。為什麼呢？也許是因為父母都已不在（母親死了許多年，父親去世忽忽已經三個多月），自己也不年輕，對大姿態大手筆失去興趣，轉而探求純真無華的平常事物。設使父母仍在，能一起並肩散步閒話家常多好，何必驚動宇宙？

戴森寫他後來去讀歌德《浮士德》原作，發現母親講的遠比書中所寫精采得多。讀到這裡我不禁又泛出微笑——戴森有這樣母親真是幸運，他自己也知道。然我這裡談的其實無關幸運，而是關係最終心靈何所依歸這件事。戴森母親似乎早有答案，戴森也是，或許是這點讓我讚歎不已。畢竟，知道自己的心，了解事物真正的大小輕重，遠比驚動宇宙要難多了。

*伽羅瓦（Evariste Galois）：十九世紀法國天才數學家，二十歲死於決鬥。在第二章裡戴森用了一大段來寫伽羅瓦決鬥前夜狂做數學，和伽羅瓦理論在數學上的重要性。

你必須走一條孤獨的路——閱讀手記

1

最近重看琦君的《三更有夢書當枕》和《留予他年說夢痕》，發現還是好看，不能不說有些意外。

琦君散文親切易讀，年輕時一本在手總很快看完，卻似乎沒留什麼印象，也很少想要再看。大約深處覺得太過平凡家常，沒什麼神祕或挑戰（不像翻譯書總有難懂的地方，譬如存在的困惑），再加上少了種眩目文采（如張愛玲的冶豔或維吉尼亞．吳爾芙的剔透），雖然好看，只能算「普通的」好看，不夠迷人。

現在看，相距幾十年，感覺不同了。不錯，沒有耀眼的東西，只有平易自然溫厚多情的敘述，而機智暗藏恰到好處。我不斷看到好句拿筆畫線，邊讚好邊笑，不然是歎息。有的簡直無可畫，除非從頭畫到尾，像〈浮生半日閒〉那篇。

是的，必須承認，我對琦君的鍾情帶了點輕視，是秉著男性眼光的性別歧視，「看不起」女性作者筆下的小哀樂小天地。因此著迷的作家多是男性，而自己寫作（除了起步摸索那些年）也一意追求剛性冷調的風格，覺得那才是好。為什麼呢？

只因年輕無知，喜歡新，喜歡光燦，以為鋒芒就是才氣，搶眼就是好。不知溫柔敦厚，靜水流深，真正好的文字是沒有身段沒有腔的。琦君樸素的文字正像我喜歡的石頭，不閃爍奪目，而光華內斂。她兩本書我還捨不得擺回架上，放在書桌旁小几上，想要親近隨手便可以打開。

2

美國作家李．史密斯（Lee Smith）回憶錄《一角錢小店》（*Dimestore*）這是第三次看了。裡面有篇〈魯的陽台〉，寫和魯的友情，深刻生動，是全書最驚人的一篇，我看完立刻又回頭重看，好再度進入魯的宇宙。

魯是個堅強奇特的南方女性，史詩似的平常人，才氣非凡的詩人和小說家。我從沒聽說過她。她屬於南方作家，像李．史密斯。

〈魯的陽台〉裡面引了一段她的話：

「你必須走一條孤獨的路。自己一人走下去，如果能夠，沿路交一個朋友，遇見一個愛的人……那你非常非常幸運。不過那是一條孤獨的路，就算有你愛到勝過自己生命的兒子女兒——你甘願為他們付出生命。有一天你得讓他們走，讓他們通通都走。噢，真的，那是條孤獨的路。」

孤獨孤獨孤獨。是的，每一字一句都讓我點頭又點頭。

魯這段話，相信我逝去的父母會同意，他們的父母，以及世世代代，所有人的父母，也都會同意。

3

美國老牌編輯羅伯・高特里布回憶錄《狂熱讀者》（*Avid Reader*），寫到他當年任職賽門與舒斯特出版社，為編約瑟夫・海勒的長篇小說《第二十二條軍規》花了許多心力，出版後獲得作家評家和讀者普遍熱評，其中一個讀者回應出版社的讀後感明信片寫：

「起先我不願到隔壁房間而不帶在身邊。然後出門也得帶著。到哪裡都看——公車上，地鐵上，買菜排隊付賬時。如果離開視線一下下就發慌……終於昨晚讀完哭了。我覺得永遠沒法恢復了……可是在死於《第二十二條軍規》以前，我要竭盡全力保它活命。我會把地鐵上的廣告改成『她要什麼什麼都答應，可是給她《第二十二條軍規》。』我會在所有找得到的平面上寫《第二十二條軍規》。我會劫下一輛巴士改成《第二十二條軍規》自由巴士……《第二十二條軍規》讓我今天比較快樂，比較悲傷，比較瘋狂，比較理智，比較好，比較有智慧，比較勇敢。就因為知道有它在。謝謝你。」

沒看過比這更動人更恭維的書評了。唯一可比的，應是讀者喜歡到百看不厭。高特里布寫到自己從小熱愛看書，喜歡的童書一看再看，有的看了五十遍。愛到這程度，再怎麼好的書評也比不上。

《第二十二條軍規》書名背後故事也頗為有趣。原本叫《第十八條軍規》，出版前夕他們發現另一家出版社即將出版的新書目裡有本長篇小說書名用了十八，不得不臨時更改，高特里布和海勒試了幾個不同數目，譬如十一和十四都不成，再想不出更好的。一晚他睡不著靈感突來，隔天打電話給海勒：「我想到了，二十二，比十八更好笑。」

4

洪素麗《十年散記》自序裡有這一段話：

「然後，某日，一個響晴的好週末，把被單一一抖開來洗，洗呵，洗呵，突然悟到——這是生命。樓上，有約翰．藍儂的歌聲，擲地作金石響，天花板因此震動不已，街上來往卡車悶重的喇叭聲；隔壁臨街的小酒吧，波多黎各憂悒的吉他聲；床上，孩子午睡的鼻息。洗衣機咯吱咯吱地轉磨，簡單又真實，不能投身進去鑑賞的話，則自己活活給煩死。這就是生命。」

生命是怎麼回事？怎麼活最好？這是個亙古大疑，尋求解答之道，往往是枯坐樹下或走入沙漠，總之不外某種形式的出家離世。讓人納悶：是什麼邏輯讓這些男人（總是總是男人）相信思考是解決生命的途徑？這樣離開生活的作法，能夠教人生命什麼？沒有生兒育女，怎知做父母是怎麼回事？沒有面對無米之炊，怎知養家活口是什麼樣？沒有筋疲力盡仍必須對付一家老小，怎知什麼是勉為其難無可奈何？生命裡充滿了張牙舞爪的時刻，空想無法解決，老天也無法解決。當嬰兒啼哭，需要餵奶便餵，需要換尿布便換，別無選擇。生活真相便是「簡單又真實」，入山面壁或坐在菩提樹下有什麼用？而正是那些自命優越「不能投身進去鑑賞」的男人，鄙視「洗衣機咯吱咯吱地轉磨」這種女人世界的卑微瑣屑無足於道（歷史並不徵詢她們的看法），而必須逃得遠遠的去尋找或建構「另一種真實」來取代。

洪素麗文字精巧犀利處有張愛玲味，像〈看《小城故事》〉裡這句：「不易受感動了，也因此生出寬容的喜悅。」可是節奏斬截明快，紐約式的急促跳脫，還有那大剌剌的灑脫之氣是她自己的，屬於現代女性的自覺和剛強。

許久沒看，拿起《十年散記》一下就看了一篇又一篇，喜歡之餘，生出了濃濃的鄉愁。

有的書，對我格外有充電效用。

5

奈及利亞兼美國籍作家泰居．柯爾的新書《盲點》（*Blind Spot*），便是這樣。

而且，是本「專為我」寫的書。當一本書裡所寫種種都契合我心，身為讀者不免生出這種知己感。不用說，他不認識我，不知道有我這個人存在，不可能為我而寫了這本書。然而他拍的是我可能會拍的照片（只是高明許多），寫的是我可能會寫的精簡文字，有我追求的深廣空間，連他拍照時相機出問題的重複惡夢都像我的（我是老夢見面對景物而找不到相機）。

他比我年輕許多，種族膚色性別經歷也都不同，但有些相似處。我們都是跨文化跨空間的寫作人，都在一種腳踏雙船兩不著地的狀況下追尋原鄉追尋依歸追尋意義。換句話說，我們都是生活在異國，跨越語言和文化以複眼觀看的國際人。

《盲點》是本少見的書，耐人尋味的照片加上沖淡內斂的散文，自成一類。可說是搭配文字說明的攝影集，或者是搭配照片的散文集。那些散文都不長，一兩段，或者一兩頁，略微記述場景點出題旨而已，帶了詩意或哲學味。沒有這些文字點睛，你看不出照片蘊藏的深意，因為沒他那麼充沛而且獨特的聯想。

有些句子我格外會心，譬如寫他所以喜歡拍攝某些城市：「在想要看見當地人的所見。」以及他想要捕捉的，是景象構成元素相互激盪而生的「詩意」，如果一張照片每個方面都成功，獨獨在詩意這點上失敗，便是失敗之作。後記結尾說：「去看便是錯失絕大部分。」也正是我多年一再的體會。

讓我想到德國導演溫德斯兩本攝影集，《一次》和《地方，奇特又且安靜》（*Places, strange and quiet*），照的也是平常無奇的景物，獨獨他覺得「內中有物」。換成寇的說法：「事物在說話邊緣。」

溫德斯這兩本攝影集，類似《盲點》，也是圖文對照。或者是短文，或者是幾句話，說明拍照的時地場合，甚至感覺。在《一次》自序裡他寫後來才體會到那些照片的意義：原來一次就是一次，只此一回。此外提到照片的作用既往前也往後，像槍擊的後座力，照片捕捉對象，也捕捉到攝影者當時的用心。兩書我都看了好幾次。

《盲點》看完，便又斷斷續續看第二次，可惜還是在手機或 **iPad** 上看的。電子書無論如何沒紙本書的質感和美感，而且文字和照片不能並排對照更惱人。想另外買冊紙本來補足，正好藉機上書店晃晃，只是十之八九書店沒這本書。

6

「你問我生命是什麼，就好像問紅蘿蔔是什麼。紅蘿蔔就是紅蘿蔔，此外不可知。」

這是契訶夫一封信裡的話，英國作家朱利安·拔恩斯早期長篇《直視太陽》（*Staring At The Sun*）引做卷首語。

這小說記得當初滿喜歡，可是沒再看過。寫二十到二十一世紀，一個平凡女性從小到老，怎麼一步步發現了自己，幾乎是替女性說話。多少年後重看，還是覺得內中光芒閃爍，但少了什麼。也許是人物不夠逼真，意念多過血肉，整部作品知性趣味超過感性。接近書尾一個人物考慮自殺，追究上帝到底存不存在這個終極疑問，羅列了十四條（竟有這麼多！）可能答案的組合，探討不能說不透徹。但小說畢竟不是散文，想得太深，動人度反而降低。然這些未必是真正理由。

散文感強過小說感，巴恩斯的小說都有這個特色。當初讀《福婁拜的鸚鵡》立即愛上他犀利詼諧的敘述，最近重看他拿到布克獎的長篇小說《回憶的餘燼》，也有同感。看他的書，不管小說還是散文，為的就是那獨樹一格清洌雋永的散文風味，如品好茶。

最接近天堂的地方——你必須走一條孤獨的路注

0

〈你必須走一條孤獨的路〉寫完寄出，發現老在心裡嘀嘀咕咕補充。沒法讓它閉嘴，乾脆續篇，於是有了這篇奇怪的注。

注中注：通常文學性散文寫信手拈來的事物，重在達意和情趣，不在精確，注並非絕對必須。美國作家大衛·華萊士是個例外，他的散文不但注多又長而且精采。我曾在《一天零一天》裡寫到他，這時忘了究竟怎麼說的，於是抽出來看〈如何統治腦袋大的孤獨王國〉，發現他不止多注，妙的是「注中還有注」。若遊戲往下推，注中注也可有注，不斷衍生分枝，成為一棵繁茂大樹。

1

有時喜歡一本書與否完全無關好壞，而在心境。心境不對，怎麼看都不順眼。心境對了，一下子句句投機。作品沒變，變的是你。

重讀琦君一節，寫的正是這事。

通常談喜愛的書，我都會引一些好句。寫琦君卻一句也沒引，除了提到〈浮生半日閒〉從頭好到尾。只因可引的太多，而篇幅有限。這篇注正好彌補，姑且試試。

〈浮生〉寫「閒」。起句平凡，然不久便來了妙句，引某篇英文散文裡的句子：「雨打風吹的秋日午後，老屋的角樓是一所房子中最接近天堂的地方。坐在一口舊箱子上，什麼都不用力去看，是藝術的最高意境。」這樣句子怎能不一見鍾情？可惜沒作者名，沒法去找原文來看。倒是想到幾個久違的西方散文名家，像英國的蘭姆、美國的懷特。

接下來她從現代人的緊張忙碌，回想古人的自由自在，和自己小時家鄉的悠閒情景：「那時的人情是多麼溫暖，天地是多麼遼闊，時間是多麼富裕啊。」她筆下的長工和農夫不需鐘錶，看天色便知道時辰氣象，工作時總「口哼小調，面帶笑容」，相較現代人「活著似乎只為搶時間」，他們是「最懂得生活的詩人」。

最後感嘆：「可是人來到世間，難道就為了趕時間，趕完了時間就與世長辭嗎？」

（遊戲改寫：「難道人生一趟，就為了趕趕趕，趕完就翹辮子嗎？」）

對給電腦時間逼壓無路難以喘息的現代人，可說正是這樣。這句「從日出到日落，他們都在工作中，他們也都在游息中。」因此美不可言。真是這樣嗎？腦後有個聲音問。

這樣叨叨談〈浮生〉，不在於它最好，而在於共鳴最深。只因寫的是我關心最切，多年來不絕探索的時間。唯獨不管我怎麼寫，也沒有這篇的情趣。

2

寫〈魯的陽台〉，到她說「你必須走一條孤獨的路」，不免想到父母最後那一段。那時兩人都有子女媳婦輪流在旁照料，仍然覺得無依無助，彷彿孤身失落在迷霧荒野。因為生死之事到了最後，無論如何只能自己承受，一個人走下去。

母親去世二十多年，父親去世也已八個多月。起初幾個月，強烈哀傷轉化成詩，讓我成了「短暫詩人」（很壞的）。等傷感淡去，詩沒有了，也不再三天兩頭想到父親。但父親不在了這個巨大空缺，卻是不需要想也時刻感覺得到的。那個空缺說的是一件無比的事，中心是死亡：父母的，親人的，自己的，所有人的，宇宙的。而環繞死亡的是愛心、勇氣、堅持、了解、錯誤、失敗、殘酷、無奈種種，包藏了醜惡的美好；或者倒過來，美好的醜惡，即是生命本身。這件事是這麼平常又這麼巨大，除了面對，以及接受（不管再怎麼不情願），不知怎麼表達。只是深處，一直結結巴巴，許多小小聲音怯怯在說：

「可是，可是，可是，可是……」

誰在黑暗中聆聽這些不過可是？

3

羅伯・高特里布將出任《紐約客》，取代如神的老牌主編威廉・商（William Shawn）。消息傳出，引起許多為該雜誌寫稿的作家抗議排斥，但他還是毅然上任了。在他治下，《紐約客》稍有變動，但沒面目全非。

長期為《紐約客》寫稿的約翰・麥克菲（John McPhee）新書《第四粗稿》（*Draft No. 4*），談寫作過程的困難和心得。在〈編輯和出版人〉章裡，提到一九八七年高特里布接掌《紐約客》後的一些情形。

當主編的都有點僻，高特里布也是。有一陣子，他辦公室裡有架烤麵包機，每小時便一聲爆響，跳起兩片塑膠吐司。他閱稿神速而且反應銳利，讓麥克菲說不出話來。

《紐約客》審稿極嚴，從收稿到發排，中間必須經過許多校對關卡。商的私人規矩尤其多，所以有一關叫「商校」。髒話是絕對禁忌，任何直統統大剌剌的操、幹、屎、糞等字眼不得光顧紙面，不是刪掉就是經過消毒淨化，許多作者都有切身經驗。一九八〇年艾莉絲．孟若短篇〈火雞季節〉裡有段對話出現髒字，刊出時整段不見，變成了拘謹溫吞的敘述，等收入小說集《木星的衛星》才還原。

高特里布編輯格調雖然和商不同，但持續他一貫禁絕「市街語言」的傳統。一次麥克菲交了篇六萬字長稿〈尋找一艘船〉，鮑勃（高特里布暱稱）決定採用，除了一個字：幹你娘。發稿那天，鮑勃打電話給住在普林斯頓的麥克菲，問能不能到他辦公室去。麥克菲到後，鮑勃問他能不能重新考慮用詞，他不同意，幾番來回，他堅持不改。於是鮑勃用黑色簽字筆在一張小黃色備忘貼條上大大寫了「幹你娘」，像名牌貼在襯衫胸前口袋上，那天裡斷斷續續，從一間辦公室逛到另一間，一個部門逛到另一個，最後來到麥克菲的小室宣布：「《紐約客》不是給幹你娘的。」

注中注1：艾莉絲．孟若絕多短篇都在《紐約客》發表。

注中注2：約翰．麥克菲為《紐約客》寫稿，頭銜是「內部撰稿員」，其實是不支薪論件計酬的自由投稿人。《紐約客》許多稿源來自這些撰稿員。

注中注中注：麥克菲專寫報導文學，即美國所謂的「創意非小說」，後來在普林斯頓開這門課。出了三十二本書，文字精簡清晰流暢，題材廣泛，不管是寫地質史還是釣魚還是個別人物，無不生動有趣。多年來我只在《紐約客》上看過他一些零散報導，他的書卻一本也沒看過。兩年前搬到南加，院裡有一批橘樹，才買了他的《橘子》電子書來補習一下。現在，下載了部分他的《盆地與山脈》和《組合加利福尼亞》試閱，寫美國西部地質史。還有，不用說，《第四粗稿》很好看，有得談，但這篇注已經夠多枝節……

注中注3：一些年後高特里布下台，英籍才女汀娜．布朗出任主編，嫌《紐約客》

老氣乏味，熱烘烘革新，裁了一些老將，又放了許多彩色照片，一時《紐約客》濃妝豔抹像《時尚》雜誌，風格盡失。得等到平穩又有膽識的記者大衛・雷姆尼克上任，雜誌才又回復高尚俏皮文學報導兼顧的原貌。

4

寫洪素麗《十年散記》那段，拿她自序裡的話做跳板，興興轟轟去討伐男人，取笑他們某種解決問題的方式，半消遣半正經，老實說虛弱無力，很容易就給有心人拆解了，自己心裡有數。這樣「虛晃一招」，不過出口悶氣而已。真要理直氣壯給女性抱不平，這是幫倒忙。

且看琦君寫父母，或者描述和先生的性格差異，沒有氣憤指責敲鑼打鼓討伐，甚至帶了笑意（雖然有時帶了刺），可是裡面的性別歧視和不公分明可見。譬如她父親藏書眾多，有寬敞的書房，而母親雖然識字，最寶貴的卻是一本「無字天書」，任誰都要感慨。

這是具體敘事和抽象議論最大不同：具體遠比抽象有力。所以小說比哲學誘人，因為故事是條大道，人人都可穿行其上，只需兩條腿一雙鞋（赤腳也行）。相對，論述或者哲學需要的配件多得多，如果不至於用到火箭太空衣，起碼需要頭盔氧氣筒。

5

泰居·柯爾《盲點》裡的攝影，照的不是一般美景，但通過構圖光線和獨特視角，張張帶了美感。有些照片似不言自明，有的含意卻相當隱晦，奇的是都有種內中有物呼之欲出的意味。

那呼之欲出的是什麼？

也許可稱偶然，或者更進一步，稱它「逼視」的偶然。因為若不是他將相機對準了那景物，付之與額外的意義，我們十之八九不會注意到。

有兩張紐約相片特別引我注意，照了同一女子，都是金髮如瀑的背影。搭配的短文說他為了照她跟在背後走了一個區塊。我不覺想起自己也曾為照相追趕陌生人的經驗，譬如在西班牙古城容達遠遠追趕一個剛出家門的男子，為了他飄逸的粉紅襯衫。不過太遠，相機又沒長鏡頭，幾步後便放棄了。

6

《直視太陽》裡，那個想要自殺，不斷進行「天問」的兒子角色，無疑有朱利安·拔恩斯自己的影子。他後來寫了《沒什麼好怕的》（*Nothing to Be Frightened Of*），細談從小對死亡的強烈恐懼，陰森題材卻能寫到讓人破聲大笑。

拔恩斯成名多年，然一直和布克文學獎擦身而過，二〇一一年終於以長篇小說《回憶的餘燼》獲獎。年輕一代，耍寶任性像個大孩子的傑夫·代爾認為：「不怎麼樣。」

我愛代爾的散文，他的小說其實不如散文出色，但無損我對他的熱衷，照樣靜候他下一本書。

注中注1：去年看到報導代爾中風，大驚：老天，這傢伙和我同年！幸而輕微，很快完全康復，寫作跳脫如昔。後來他寫到這事，感謝不已：「我太愛我的腦袋了。」我也感謝不已。

注中注2：知道代爾隨妻遷居南加好些年了。搬到這裡以後，有時週末心血來潮跟B提議：「走，我們去找代爾玩！」其實多年前得知拔恩斯喪妻幾乎活不下去，我也夢想到倫敦找他，幫他走出傷逝黑洞。

拔恩斯最新長篇《時間的噪音》（*The Noise of Time*）（二〇一六年），寫俄國作曲家肖斯塔科維奇（Dimitri Shostakovich）在史達林極權治下的魅影生活，荒謬可怖，連奴才都不如。是個音樂天才的故事，也是個懦夫飽受折磨搶救自尊的故事。

畫家黃永玉在回憶錄《比我老的老頭》裡，也追憶了許多藝術家在毛澤東治下的悲慘遭遇。不過他信口說來，平易鬆散直率詼諧，充滿了生命的熱。相對，《時間的噪音》是經過高度冶煉結晶，收斂清冷的意識流碎片，充滿了崩潰邊緣的焦慮與顫慄，冰寒徹骨。讀時一直覺得像受刑看不下去，但一句接一句，竟然看完了（幸好不是很長）。

蒙田我的好友

1

知道蒙田很久了，究竟什麼時候初識已不記得，想必相當年輕。

書架上有一冊新潮文庫《蒙田散文選》，老舊但不破爛，顯然沒怎麼看。以前只知他是十六世紀法國哲學家，西方散文鼻祖，讓人肅然起敬的老頭子。直到二〇一〇年讀了英國作家莎拉·貝克威爾新出的蒙田傳記《閱讀蒙田，是為了生活》（活潑精采，我讀得入迷），對他稍有了解，才發現這傢伙非但不是個兩眼枯澀的老學究，而且是個有趣的男子，長得也不錯。書中畫像裡禿頂高額，是個相貌端正的中年人，說不定可以對坐談書，或者說笑，甚至談情說愛（他喜歡和女子調情）。

蒙田最有名的話是：「我知道什麼？」

這話多少有點故作謙虛，他大學修法律，任職政界多年，當然不是什麼都不知道，而是自覺所知有限，不是真知。但他知道自己，於是從己身出發去寫「人」。肚臍眼以上以下都包括在內，古今中外從沒有人把自己裡裡外外上上下下，看得這麼細微透徹而又有趣。讀他讓人好似看到自己，同時驚歎他見解的獨到。說他是個哲學家，不如說是個自然學家，或是個觀察自己的人類學家。他像個旁觀者，從一個絕佳的視角觀察研究自己這個現象，在二十世紀現象學派興起以前他已經是個現象學家。他的三冊散文集（總共一千多頁）是當時暢銷書（直到後來讓教會查禁了幾百年），不但同代人愛看，後代人也愛看。因為他思想活潑開明，超越時代，所以儘管時空遠隔，許多後代讀者覺得他寫的就是自己。譬如愛默生在〈蒙田，或懷疑論者〉裡寫讀蒙田：

「彷彿是我自己寫了這本書，在前世。」尼采更說：「有這樣一個人寫作增添了活在地球上的樂趣。」而我欣喜發現卡繆也愛蒙田，經常在讀，尤其喜歡蒙田對死亡的思索。

蒙田的可親在自認平凡，沒什麼值得誇耀。他形容自己矮，抱怨陰莖短（「老天對我太不公平！」、「沒有女人喜歡陰莖短的男人。」）這樣毫無避諱坦蕩直言，讓英國作家哈茲立特（William Hazlitt）驚為「唯一筆下像個男人的作家」。

他還坦承記性壞，思考遲鈍，儘管文章裡到處引經據典，而且充滿光芒四射的見解。總之他自視甚低，喜歡自嘲，而且倒過來批評記性好和聰敏的壞處。因此勸人忘記所學（類似孟子「盡信書不如無書」的說法），遇事慢慢想。他自己就是這樣，所以可以不慌不忙，隨興度日。

2

蒙田另一句名言是：「思索哲學便是學習怎麼死亡。」

蒙田熟讀羅馬典籍，這話其實出自他心愛的羅馬詩人西塞羅，他借來作散文篇名。我早知這篇名作，但一直到去年才下決心讀了。可惜實在長，典故充塞（比我糟得多），連我這種書呆式的讀者都受不了，必須經常飛掠搜索「好看的」句子才能「看」完。他年紀很輕時便充滿了死亡焦慮，為了及早做好心理準備，他時時刻刻思索死亡，除了由閱讀經典汲取前人智慧，也由生活實例中學習。三十六歲那年，他意外墜馬重傷，以為必死卻活了下來。那番「瀕死」經驗改變了他對死亡的看法，扭轉了他的人生態度。因為受傷昏迷期間，他兩手亂扯似要撕裂胸膛，看來痛苦至極（事後他多次詢問在場僕人當時所有細節），其實內在他神遊幻境，感覺自己正飄離塵世甜美非常。

這發現死亡不可怕反而美好的經驗，讓他擺脫了對死亡的恐懼。加上事後再三浸淫沉思，終於覺悟所謂思索哲學便是學習如何死亡，是有閒無聊讀書人的說法，普通如鄉下老農根本不會浪費時間去想這種事，而是順其自然過日子。也就是，死亡這事沒什麼好想的，「到時大自然會把你教得好好的」，重要的是踏實生活。這近乎常識的結論讓我對他刮目相看，覺得這人通達可愛。西方哲學家裡我喜歡的不過幾個，真正稱得上可愛的只有蒙田一人（英國的休姆可算第二），因為他不是個拿純理性搭造抽象殿堂的哲學家，而是個依隨本性從生活汲取心得的智者。

3

蒙田的中心思想是希臘的懷疑學派，因此凡事抱疑（譬如說自己什麼都不知道，緊接追加「就連這點我也不太有把握」），從而衍生出一種雲淡風輕大而化之的哲學，類似莊子。既然追根結柢我們什麼都不知道，無法確定，凡事也就不必太過認真。這種心態的好處是讓他能放寬胸懷，接受宇宙人生種種缺陷，以不完美為常態，而不是必須逃避掃除的病態，如笛卡兒和巴斯卡之流。《閱讀蒙田，是為了生活》裡有一章讓我幾乎大笑出聲，便是談這兩個嚴肅過頭的哲學家如何性格思想天南地北，卻有個奇異交集：都狂熱閱讀蒙田，也都激烈排斥他的懷疑思想，視為破壞基督教根本的至邪大惡，必須推翻鏟除不然活不下去。貝克威爾譏笑兩人為驚悚作者。

蒙田思想開明現代，比許多現代人更前衛。他好奇，對各種關係人的事物感興趣，譬如懶散、想像力、名字、友情、醉酒、氣味等。然而他散文最獨特的，是對潛意識的關注，對心靈流動的把握。他讓自己像片葉子，隨意識漂浮流動，永不停息。在〈談悔過〉裡他寫：

「我描述的不是存在狀態，而是時間經過。不是從一個年紀到另一個……而是從一天到另一天，從一刻到另一刻。」

他是第一個意識流作者，比喬哀思和維吉妮亞．吳爾芙早了四個世紀。

他愛看書，但不是書呆子。這本翻翻那本翻翻，幾近無心，覺得不好看就丟下了。就像吳爾芙所謂的「普通讀者」，他從書中尋找樂趣，最要緊的是喜歡。

4

在那時代的歐洲，人人都必須信奉上帝，蒙田也不例外，是個天主教徒，不過是個很自由隨興的信徒。與其說他相信上帝，不如說他相信宇宙自然。他全心感激大自然給他的賜予，也相當滿意自己對大自然的回報。他不相信靈魂不滅，認為我們應當享受生命，儘管深知生命和享樂最終不過如風而逝。

他這段話格外切中：「我們尋求別的狀態因為不明白自己的用途，到自身以外去尋求因為不知道自己裡面什麼樣。踩高蹺並沒有用，因為踩著高蹺我們畢竟是用自己的腳在走。而寶座再高我們還是坐在自己的屁股上。」

林語堂是基督徒，在《信仰之旅》裡提到他心目中只有四五個獨創的思想家：釋迦牟尼、康德、佛洛依德、叔本華和斯賓諾莎。有釋迦牟尼而不包括耶穌，有叔本華和斯賓諾莎卻不包括老莊，這名單有點奇怪。可惜蒙田沒在裡面，他比那五個人都要率真可愛得多。不過以蒙田性情，這種事不會放在心上。

其實，林語堂的思想和蒙田有共通處，都帶了老農的智慧。林語堂說：「如果宗教意味超脫凡世，那他反對宗教。」他並不認為現世生活有如沉船，人就像船上的老鼠，必須盡快棄船逃難。他認為：「人必須勇敢面對現世生活，而且像禪宗信徒般和它和平共處。」比諸蒙田接受生命的不完美和宇宙的不可知，而平心靜氣盡其在我生活，實在是很相近。

5

一般傳記都說蒙田來自波爾多釀葡萄名酒的貴族家族，最新一部法國學者的蒙田傳記特地強調其實不是，他家族原本是賣鹹魚的，和貴族無關。然這對蒙田的價值絲毫無損，誰在乎他家是賣酒還是賣魚，貴族還是平民！蒙田便是蒙田。

蒙田死時五十九歲，比我還年輕（這讓我咀嚼了好一陣子）。

本來寫「才五十九歲」（我父親活到九十六歲），想想還是刪掉了「才」。他三十八歲辭去公職隱居到自家莊園的堡塔中去讀書寫作，過了二十四年自在悠遊的日子。且想像他坐在塔中書房，環形牆壁鑲滿了特別訂做的書架，心愛書籍便在指尖，喜歡的古人嘉言刻在天花板橫梁上，安靜看喜歡的書，想感興趣的題材（譬如有一篇叫〈我們的幸福等死後再來判定〉），寫隨心所欲的散文，累了便出門散喜歡的步——假使他在路上遇見陶淵明？猜想很快就變成把酒言歡的知交。

他信奉自然，認為刻意違反自然以追求智慧太過愚蠢。所以他有時愛白酒，有時愛紅酒，然後又回去愛白酒，不覺得這樣反覆無常有什麼不對，而是天經地義。他眷戀生命，熱愛官感享受，在最合乎人性自然的事物裡尋找樂趣和意義。他的古風散文我雖然看不下去（幸好有像貝克威爾這類慧黠犀利的作者帶路），可是真喜歡他的明智通達，神交了多少年。

享年五十九在那時代不能說早夭，他一生也還算幸運，所以我無須悲悼他早逝。他能以自己選擇的方式過了那麼多年，除了給我們留下一長串清晰的腳印，還能在尚未老朽不堪就告別塵世，值得慶幸。「老而不死是為賊」，孔子這話，絕對用不到蒙田身上。

6

有個問題我常自問，也問B：設使可以一切重來過呢？

蒙田說：「設使可以重新活過，我還是會一切照舊。我既不怨嘆過去，也不恐懼未來；如果不算太過自欺的話，從裡到外，我總是一樣的。」

既不怨嘆過去，也不恐懼未來？老實說，我不信有這樣的人。

誰能走過一生而無愧無悔？誰能不帶虧欠遺憾？

然既是出自我可愛的老友蒙田，我相信。

附錄一：在兩端之間奔跑

1，在遊戲和苦工之間

二〇一二年十一月中就在我開始構思這篇講稿時，《紐約時報》先後刊登了一長一短兩篇報導，七十九歲的羅斯宣布停筆不寫了。他一生寫了二十六部長篇小說，他說重讀過自己大部分的小說（除了四本）以後，覺得他已為小說排除一切奉獻了一生，寫過讀過教過談過，決心從此不再寫小說了，連談都不想談。夠了，他不再覺得非得把自己的經驗寫下來不可了。光是想到再和寫作奮鬥，就覺得受不了。

最後那一句：「光是想到再和寫作奮鬥，就覺得受不了。」語氣之強讓我驚訝。這裡有兩個關鍵詞：奮鬥和受不了。其實我不應該驚訝的，我知道閉門造車無中生有，寫作耗力傷神，是天人交戰的苦鬥，有時也覺得我心神耗盡，受夠了，無話可說了，再也不想多寫半字一句。但來自像羅斯這樣的超級大作家，我潛意識裡不免想像，也許對他來講寫作不是那樣可怕的苦戰，而絕大是樂趣。可是顯然，明星大作家也好，無名小作家也好，寫作是難事，而且是越寫越難的事，只要你不停在寫。

這裡有好幾個問題：寫作是苦工？還是遊戲？是什麼驅使作家寫下去？

2，在直覺和理念之間

我年輕開始寫作時無可無不可提筆就寫起來了，沒有計畫，沒有野心，更沒有任何理念，只有單純的有話想說就說的念頭。剛開始時是盲目地寫，完全憑直覺。肚子裡東西非常少，可是想寫的動力非常強，因為嘗試一個新東西，覺得是在玩，而且越試越好玩。剛開始時愉快極了，簡直是輕而易舉。我寫信給林海音，告訴她寫作太好玩，我玩瘋了簡直廢寢忘食。她提醒我，寫作不能當飯吃，語氣就像我爸爸。那時哪有什麼奮鬥掙扎，根本下筆就是文章！書桌前一坐就忘記時間，寫到腰背痠痛還不知道。要在寫了很多年，有了一些人生經歷，書也讀了一堆以後，眼界寬了高了，才開始回頭反省寫作這回事，才有了屬於自己的標準，有了追求什麼應該怎麼寫的理念。從原先只要賞心悅目自娛娛人，走向寫別人沒寫過的、開創文字新空間的路。從直覺地寫作到自覺地寫作，不再是自來水打開即嘩嘩流瀉的遊戲，逐漸成了字斟句酌步步為營的苦工。

3，在感性和知性之間

我們的文學傳統是感性的，詩詞歌賦文章裡充滿了傷感，不是生離死別、國恨家愁就是男女情長。在這樣的文學氛圍中長大的人，提起筆來難免就是抒情。我像大多的文學青年，最先自然而然走的就是抒情或敘事的路，感性的成分強。文字就是拿來表達我的感覺用的，反正年輕時除了感覺什麼都沒有（這樣說其實不太公平），應該說沒有歷練也沒有自己的想法，只有感覺最多最強。

走向知性並不是蓄意的，而是不知不覺的，隨著自我意識成長而來。當我終於比較了解自己時，發現了自己的兩極性。也就是我同時極具感性和知性，很難說哪個比較強。感性讓我對外界有深刻的感觸，理性讓我去詰問感性帶來的這些感觸，一層層探究更深的意義。因此我覺得最好的散文（小說也是）必須同時訴諸感性和知性。先打動感情，然後激發人去思考。

4，在形式和內容之間

我總在追求「最恰當」的表達，所以用各式各樣的體裁來寫散文。這些體裁可以是詩意、抒情、敘事、議論，可以是書信體、手記體、記錄體、小說體，語氣上可以是溫柔敦厚，也可以是潑婦罵街。總而言之，我沒法停留在單一形式的寫法。即使是在給各家副刊寫專欄時，也沒法定在一種中規中矩平鋪直敘的專欄體，而總會走到其他體裁的歧路上去。譬如二〇一一年出版的集子《一天零一天》，如果你們去看就會發現雖然每篇不過一千字上下，卻有許多不同的形式，而不是統一的專欄面貌。譬如〈給艾莉絲〉是書信體，〈問句遊戲〉和〈我不是隻小小鳥〉是手記體，〈迎面有人走來〉是大筆速寫，寫朋友〈艾爾五十〉和〈你可曾到過耶路撒冷〉筆法不同，寫哲學家〈遇見大衛〉和〈維根斯坦的房子〉寫法也不一樣，到了〈班雅明的筆記本〉又是另一種寫法。總之沒法三百六十五天如一日只用一種語氣一種節奏來寫。在寫的當時有點擔心這樣為所欲為的寫法對讀者可能不太公平，讓大家搞不清我在幹什麼。

不過只是擔心一下下，因為還是「我最大」，也就是自私，我必須先取悅自己才能取悅別人。如果只能寫成一個樣子我很快就會淡出鳥來，不是寫不出來就是寫的東西乏味至極。只有能任性妄為時，我才能寫出自己覺得有意思的東西。

有的人寫來毫無火氣四平八穩，我很喜歡那種寫法，也可以做到，只是很快就會厭倦了。我需要衝突和硝煙，需要爭執辯論來來回回，需要跌宕頓挫撫仰升沉，需要戲劇需要音樂。所以經常在尋求新的表達法，以配合主題和心境。有時需要自說自話，有時需要雄辯高談，有時需要輕聲細語，有時需要狂人囈語，有時需要點到即止，有時需要百科全書式的詳盡，完全看情形。

記得許多年前有的學者批評我鍾愛沈從文，可是自己寫的東西完全沒有他那種自然天成不見鑿痕的韻味。這我完全同意，因為那種韻味來自性格，而我性格裡就是沒有（那時還沒有，也許後來有了一點）他那種好山好水好男好女的明朗厚道。就像我的性格裡沒有張愛玲那種靈巧豔麗和陰鬱，後來脫離她的陰影去走自己的路是必然的。直到今天我對她的東西還是抱著既愛又怕的心理，她好像是我的文學初戀，無論如何是我生命的一部分，可以說也許沒有她我就不會去寫小說了。

我也寫信手拈來的文字，但比較少，比較常寫的是分明經營的東西。因為不管怎麼寫，最後我的東西多多少少都會走向邏輯辯證，展現出心境轉換和思路的歷程。我沒法光是把我怎麼感覺怎麼想丟出去而不去探索從哪裡來往哪裡去，我要交代的不是現象，而是過程。骨子裡是我不喜歡告訴別人怎麼感覺怎麼思想，我要的是分享自己從A到Z的過程，試圖先打動你然後經由說服感染你，如果失敗的話起碼你知道我的想法是從哪裡來往哪裡去的。因此當我讀別人的作品，儘管文字可以極端優美獨特讓我讚歎（台灣的散文特別讓我覺得文字精巧新奇自己比不上），但若只有現象而沒有過程，我還是會覺得少了什麼，太平面，欠缺深度。

我這個對呈現過程的偏愛，楊子霈在〈無限幽邃的觀看〉談我的《剎那之眼》時特別提出來，我讀到時不禁覺得遇到知音：「總算有人看出來了！」因為不時會看見平庸的評論，講什麼我文字清淡知性強之類，完全不關痛癢。

5，永遠的衝突和矛盾

在這些兩端之間奔跑，無可避免的是左右為難，最後不知道怎麼辦。

譬如我喜歡精簡（所以在《聯合文學》寫過〈尋找清瘦文學〉），也喜歡駢文和詩詞平仄對仗蕩氣迴腸。精簡的文字可以刻骨銘心，但比較不容易做到蕩氣迴腸，光看蕩氣迴腸這詞就感覺得到裡面的空間意象，寬廣而深，有曲折迴廊，還有光潔的玻璃窗大理石地板，在裡面吐氣開聲便有回音四面八方回來。經常我既要蕩氣迴腸又要平淡如水，就像同時要白天和黑夜，既要進去又要出來，因此格外為難。

又譬如我既要感性又要知性，一邊寫一邊退開五步十步，看讀者對我寫的會有怎樣反應。這其實是一種致命的寫法，也就是自敗的寫法。好像一邊走路一邊思考這時要放左腳還是右腳，搞得腦袋大亂不會走了。尤其是我很早就知道人類其實一點都不理性，人類歷史並不是建立在理性上的。我們的行為靠的是性格好惡和一時的喜怒衝動，和理性無關，理性是個卑躬屈膝的奴才和童養媳，專門伺候我們的七情六欲，給它們找理由想辦法滿足。因此在文字裡放太多理性知性根本是很不聰明的作法，如果我真正聰明的話就應該以非常感性漂亮的文字寫大多人喜歡的東西，讓大家一下就給我濃濃的氣氛感染得七葷八素暈頭轉向喜歡得不得了，沒必要講什麼但是不然因為所以的。所以一邊寫，我的理性一邊會勸我不要囉唆講道理，然後我偏愛講邏輯的那一面會嗤之以鼻說不講邏輯多麼淺薄多麼乏味。於是自己和自己衝突打架，一步往前一步往後，變成進退兩難的局面。常常一篇東西寫了很久很久，經過不知多少修改，真的是一邊寫一邊拆簡直寫不完。

寫作早期不知死活下筆直奔，沒什麼為難猶豫。一旦走出那個初生之犢不怕虎的階段，便步步戒慎恐懼，三心二意不知該往前往後還是轉彎。許多年來寫東西經常就是這樣，材料總是太多太繁，邊寫邊拆不知什麼時候才能折騰完。

6，追求的地平線

必須說前面提出的這些矛盾衝突其實是為了討論上方便的說法，並不是說我在寫作的時候總會掛在心上。完全不是，更正確的說法那內在的追求是不知不覺的，我終極的理想就像環繞我們的地平線，永遠在遠方，以美和神祕誘使我向前。

我清楚記得好些散文寫作當時充滿了探險的驚喜，譬如：〈江水九折〉、〈路，擇定的命題〉、〈當風吹過想像的平原〉、〈蒲公英〉、〈一地惱人的落葉〉、〈旅人的眼睛〉、〈白牆的罪〉、〈八方遊弋〉、〈時光幾何〉等。

偏愛手記。不愛日記，最怕流水帳。碰到需要一板一眼勾勒事實的地方總讓我苦惱，因為無趣，一邊寫一邊就心煩不想寫，而想要奔到不相關的地方去自由發揮。

若你問我對我散文影響最大的作家，也許第一要算李白，他的「君不見黃河之水天上來，奔流到海不復回。君不見高堂明鏡悲白髮，朝成青絲暮成雪。」那種氣勢我立刻就愛上了，而且永不變心。我總會不斷回去看他的詩，尤其是他的古體詩。接下來是楊牧。把詩帶入散文必須感謝他，以數目字和英文字母分段最初也是從他那裡學來的。然後是許多西方作家，譬如蒙田、蘭姆、維吉尼亞．吳爾芙、王爾德、安妮．狄勒爾、傑夫．代爾等。當代台灣作家喜歡鄭至慧（真可惜她早逝）、吳明益等。尤其是鄭至慧，她的散文犀利慧黠，我不時會拿出來重讀來給自己充電。

至於那個地平線，那個對散文的理想，簡單來說是什麼呢？

文采和文氣。文句就是要流，像河水。

要文采（不是堆疊漂亮的文字，而是生命力原創力）、要氣勢、要架構、要有趣、要新鮮。

要音韻和節奏、意象和思想。

要美而真、平易而又深刻、出語驚人而不矯情。

總之要做到某種平衡。

7，結論

我也寫了二十多本書（不是拿自己和羅斯來比），還不敢回去一一重看。如果我也像羅斯那樣遍讀自己的書，是不是也會筋疲力盡槁木死灰？英國《衛報》報導羅斯給一位剛出道的年輕作家的勸告是：「趁情勢正好早早抽身，別給自己一輩子痛苦的日子過。」

羅斯二〇一〇年就決心輟筆了，只是沒有公開，直到兩年後他確定不會反悔了才宣布。他說：「寫作就是挫折——每天每天的挫折，更不要提羞辱了。寫作就好像打棒球：失敗的比例是三分之二。」現在他電腦上貼了一張小紙條：「再也不用和寫作掙扎了。」每天看紙條那句話，覺得充滿了活力。現在他可以真正好好生活了，而不是為了寫小說而生活。這句話暗示了真正的生活和創作是相衝突的。是嗎？

二〇一二年，八十一歲的艾莉絲．孟若又出了新短篇小說集《親愛的人生》，似乎可以源源不絕寫下去，我當然希望她能源源不絕寫下去。可是今年（二〇一三）七月，她在領了某文學獎後宣布效法羅斯輟筆不寫了，說累了，放下筆後可以去做些別的，常人做的事，有點呼應羅斯生活和創作是相衝突的意味。即使得了諾貝爾獎之後還是不改口，人問她是不是會再繼續寫下去，她說：「不知道。這種事很難說。」又問她接下來有什麼計畫？答：「午餐。」

契訶夫說寫作是件不自然的事，人生只短短一回，不該拿來做寫作這種事。他認為人生最快意莫過能無所事事，總夢想去釣魚，而不是成天滿腦子造句。然終其一生，他做的正是孜孜造句的事。

近來我不斷在想：生活和創作是相衝突的嗎？創作便是生活嗎？還是應該走在生活之後？這裡有沒有所謂應該的問題？

九十四歲的美國作家赫門．瓦克（Herman Wouk）在二〇一二年又出了長篇，年紀一大把而寫作出書不斷的作家一個又一個讓人嘆為觀止，喬哀思．卡洛．歐慈簡直以不可想像的精力和速度不斷出書，感覺上她寫書好像和呼吸一樣容易。有時光想到這些作家滿頭白髮滿臉皺紋鎖在書桌前一字一句（而且是用紙筆不是用電腦）建造虛構世界，簡直就是精衛填海或是張生煮海，我就一邊肅然起敬一邊累得不得了，想：天啊，這些人就不知道什麼是休息，怎麼享受人生嗎？

二〇一二年超級颶風珊蒂來時把我家邊上松樹很大一根枝幹吹斷掉在屋頂上，過後B拿了一把小鋸子（我們沒電鋸，反正那時也沒電）在屋頂上一點一點鋸那樹幹，我站在院子裡看覺得他就好像拿了瑞士軍刀割樹，像殺雞用牛刀倒過來，感覺很荒謬。可是寫作本質上就是荒謬，因為除了作者本身的執迷以外，沒人覺得必要。王爾德說藝術無用，正因無用所以才是藝術。藝術不能從功能出發來定義，藝術只是為了自己。寫作是無用之用，不能保命，但能給予生命樂趣。

寫作大半生後我開始對創作這件事產生了好奇。所有從事創作的人為什麼寫？我自己為什麼寫？動力來自哪裡？我曾經以這為主題在休市頓的美南華人作協文學會上做了一次演講，題目叫〈誰來點亮我裡面的那盞燈〉，探討創作的來源和創作過程的奇異。我的結論是：創作的來源神祕，創作本身並不受作者控制。

在《最後一封情書》（這是本很好的書）裡，作者奧國思想家安德烈．高茲談到作者和寫作間的關係，說：「實際上，對一個作家來說，寫什麼並不是他的首要目標。他的第一需要就是寫。寫作，就是讓自己遁出這個世界，遁出他自己，為著將世界、將自己變成文學的材料。所探討的『主題』是次要的。」接下來更直接了當地說：「我寫，就是為了消除恐慌。」可以說寫出了大多數作家之所以非寫不可的原因。我完全理解他的意思，因為也有同感。

還有一個問題是：有什麼資格寫？（現在大家講話語權，其實應該講是資格。你憑什麼發言的問題。）我知道什麼？年紀越大越心虛，覺得自己其實什麼都不知道，而聰明人一大堆，人人都比我強，膽怯到覺得沒有寫的資格。

現在我常一邊寫一邊想：別人為什麼要看我寫的東西？甚至完稿了還這樣懷疑。這個時代這麼繽紛一切這麼熱鬧快速，分心的東西這麼多，在你還沒弄清剛上場的東西前那東西已經過時了，我寫的東西憑什麼吸引讀者注意？我有什麼真知灼見？有什麼創意？無疑我寫的東西對我很有趣味，可是對別人呢？我毫無把握。我固然不只是為自己而寫，但也不全然是為他人而寫。在為我與為他中間有一個小小的過渡地帶，那裡有幾個類似我的人，能和我寫的東西共鳴。

想歸想，我只能寫能力所及和讓我感興趣的東西。因此我對無我的散文譬如報導不感興趣，我沒法做客觀報導，一定會變成經過我的感覺渲染扭曲的詮釋解讀。相對我特別喜歡手記，尤其是類似拍照的「純粹敘述」，從有我變成無我，是很大的釋放。因此在我自己出的書裡偏愛《時光幾何》。後來〈在說與不說之間〉繼續做我的文字遊戲，將簡潔的需求推到極限，試圖做到像數學等式或是詩句那樣的精簡和優美。寫時只覺前面遙遙有光，我便歡天喜地朝那片光奔去。你們應該可以想見那種飛蛾撲火的景象。

總之，我的散文可以是散步，也可以是跑跳，最終希望做到自由奔騰開闊無際，讓人眼界一新。

至於寫作最初是為了好玩，最後還是為了好玩。只希望在好玩之外，還有些值得回味的東西。

（原東海大學二〇一三年演講）

附錄二：沒一件事情是單純的

1

今年諾貝爾文學獎揭曉前，我完全不抱希望，覺得審核委員會若有意給艾莉絲・孟若，早就給了。加上外傳這次村上春樹呼聲最高，機率顯然更小。因此孟若得獎我極其意外，卻又不那麼驚訝。真的是好不容易！就像孟若生命裡的許多事。

二〇〇三年，我為時報出版社翻譯艾莉絲・孟若的《感情遊戲》出版。之前我已經在《聯合報》讀書人版裡介紹過她，因為她不時就會上《紐約時報》的年度十大好書榜。四年之後，我又為時報譯了她的《出走》。

可是向台灣讀者推介孟若並不容易，兩本翻譯出來好似投水深潭寂靜無聲。而許多年來村上春樹風靡台灣，熱度不減，而我剛好不是村上迷。無論如何，我對孟若信心不減。

翻譯一向是個挑戰，兩種文字兩種文化對峙，叩門相問，由譯者中介搭建橋樑。翻譯孟若尤其不容易，她文筆樸實簡潔，細膩但點到為止。翻譯時我極力維持她的風格，用最白話的文字來譯。有時非常普通簡單的句子就是譯不出來，傷透腦筋宛如撞牆，書出以後只見處處瑕疵，真是不忍看。因為是這樣奮戰，翻譯當中完全浸淫孟若的文字世界裡，前所未有的徹底讀了她的小說。所以若要精讀外文小說，動手翻譯是絕佳辦法，而且好玩。

2

孟若是短篇小說大家，在西方文壇地位崇高。

短篇小說一向不如長篇看好，而且孟若的短篇乍看好像不怎樣。淡淡筆調，平凡無奇的小人物，看不出所以然的人事瑣碎。更糟的是，她的故事總有種慘淡無歡的氛圍。一位英國作家批評說：「我承認她寫得好，可是她的小說我看太多就覺得悲觀厭世。」講得有點過火，但我完全理解。這話其實用來描述契訶夫的小說最恰當，看多了他的作品恐怕會想要自殺。

美國作家辛蒂亞．歐西克（Cynthia Ozick）和英國作家比雅特都曾將孟若比作當代契訶夫，可說西方文壇一致公認。這樣稱呼孟若十分恰當，當然理由不在灰暗悲觀，而在同樣致力於短篇（契訶夫還兼寫舞台劇），同樣文字樸實而生動深刻。

沒錯，在孟若的小說裡難得找到生命的陽光和甜美，基調是淡淡昏黃，似乎隨時就要轉藍轉灰。即使好像開心的場合，也給人山雨欲來風滿樓的感覺。你總覺得某種非常事件就要發生，也許未必是真正的恐怖或悲劇，但無論如何意義重大當事人無法控制。

孟若曾在訪談中說過「最懊惱聽到人家說她的小說慘淡」，她覺得自己的作品帶了來自對生命人事的好奇和趣味，因為：「事情的複雜——事情裡面還有事情——簡直就沒完沒了。我的意思是沒一件事情是容易的，沒一件事情是單純的。」

確實，她的故事總給人「事情並不像你以為那樣」的感覺，讀完經常錯愕不解，而非恍然大悟。她給你困惑，不是解答。

3

孟若來自加拿大安大略省休倫湖畔，寫的也是那一帶小地方上形形色色的人物，觸及性別、職業、階級、年紀、宗教、親子、老病各種問題，雖然大多局限於婚姻家庭，尤其偏重女性角色。和契訶夫一樣，她並不裁判筆下人物。但你覺得她的眼光冷冷滑過，帶著理解，而未必帶著同情。就像她成長的環境矜持壓抑，她也以同樣態度對待自己虛構的人物，忠實呈現他們，絲毫不帶美化。是身為讀者的你在裁判她的人物，為他們所作所為震驚，責備他們不應這樣那樣，或者替他們感傷命運弄人，與似乎垂手可得的幸福擦身錯過。像〈弄人〉裡面那一對遭受命運擺布的異國戀人，讓人感嘆：啊，人！啊，命運！

可是真能說孟若的角度是悲觀嗎？關於悲觀，另一國際知名的加拿大作家，衷心推崇孟若的瑪格麗特・愛特伍說得好：「只要搞創作，你就得要樂觀。」若不樂觀，怎麼知道一旦開始就能完成？怎麼知道完成投寄以後會有人願意發表出版？怎麼知道發表了後有人看？怎麼知道看了會有人喜歡有人記得？怎麼知道寫了一本之後還有下一本？太多太多的未可知逼使創作者基本上樂觀，否則就難以為繼了。

人生如戲，但孟若筆下人物在遭受命運擺布之餘，總不免要姑且一試。她固然經常描寫人生挫折，可是她的人物充滿了渴望和激情，對生命帶著好奇和想像，因而能打破常規勇往直前，不管那樣做是對是錯。她總讓你看見是非對錯並非一刀劃開黑白分明，從動機到行動到結果，事情總比表面複雜許多，也許一步踏錯便觸動命運機關，後悔都來不及。

妙在，孟若的故事其實很好看。文字簡潔精準，環環相扣。張力很強，漂浮文字間的懸疑吸引人不斷看下去，像英國鬼話文學《簡愛》裡的女主角必然深夜獨自秉燭走過巨宅黑暗的長廊搜索奇怪聲響的來源。

孟若說故事的手法奇特，總在故事行進中切入，好像在急流中推舟入水。可是她操槳本事超凡，順激流而下輕而易舉。你隨她輕舟滑過主流支流和可能葬身的漩渦，時空在前後左右自由延展收縮像長篇小說，然後在意外而卻恰到好處的時刻結束。讀完，譬如〈出走〉這篇，一個年輕妻子離家出走又反悔回家（但這樣三言兩語交代本事可能完全誤導，因為錯過了裡面的重重玄機），你沉思自語：發生了什麼事？為什麼是這樣？她在說什麼？你似懂非懂，但覺得窺見了人性什麼，只因孟若打了一道強光照在這些人內外。我年輕時讀《紅樓夢》也是這樣，懵懂間窺見了人性深處的什麼。

這些其實都不是第一重要。最最重要的，對孟若，也對讀者來說，是好看，有娛樂性，吸引人一直看下去——讀者最無情，只要消遣，胃口又奇大，予取予求永不滿足，任何作者都知道。但孟若做到了。她的小人物並不那麼尋常，她的平常事裡充滿了不平常。她擇要的細節描述給她的故事強烈的寫實逼真感，她的人物個個生動，即使是次要角色也給人深刻印象。我有時隨意抽出一本她的小說來看，不到幾行就照例被她自然天成的文字吸進去。拿起她的書便是冒險，你會著魔，不知是否能全身而退。

4

誰是孟若？真實生活裡的她是什麼樣子？

知道她小時家境清苦，不是上流甚至不算中產階級出身。母親窮人家出身，但個性好強，成為小學教師，直到得了帕金森氏病無法工作為止。父親經營養狐場，她必須幫父母的忙。她自小愛看書寫作，但成長的蘇格蘭後裔環境強調謙虛自制服從，最忌諱自以為是炫耀張揚。在那種風氣之下，說有志寫作幾乎是出不了口的事。她寫作也不是一路順風，剛開始投稿《紐約客》必立即被打回，洩氣非常，一邊還要帶大三個女兒。第一本小說集《快樂色調之舞》出版時，她已經三十七歲。等到終於出名以後還是少有人知，只因她不喜歡媒體曝光。不像瑪格麗特．愛特伍跨各種文類暢銷出名，鋒芒畢露。孟若只是安安靜靜寫她的短篇小說，年復一年，穩定地在《紐約客》、《大西洋》、《哈潑》等雜誌上發表新作，好像可以無盡地寫下去。記得好些年前讀到她寫作方式是每天清晨起床，第一件事便是端了咖啡到書桌前坐下，從修改昨天寫的稿子開始。有時我早餐後端了咖啡到書桌前坐下，便會想起孟若。

孟若很少自道身家故事，但最後一本小說集《親愛的人生》裡包含了四篇自傳性小說，孟若說這些篇是：「第一次也是最後一次——也最接近——我談自己生命裡的事。」主要都在寫她母親，也寫到父親，但少了許多。孟若在一次《紐約客》訪談裡解釋，因為「母親對我影響太大了」，也因為「她是那麼勇敢」。

孟若今年八十二歲，正式宣布停筆，說「有點累了」。對得到諾貝爾文學獎的反應是「十分驚喜，又很感謝」。以前她也幾度說不寫了，可是靈感來時不由就又寫了起來。這次她說是真真封筆，不會再有新作了，並不因得獎而改口。曾建議期待她新作的讀者：「回去重讀我的舊作吧，有不少呢。」

確實，她寫了十五本小說（只有一本是長篇），夠看許多年。

而閱讀一位心愛作者，你不只閱讀她的作品，也閱讀她的人生。不管從哪個角度閱讀，孟若讓我無邊讚歎。我並不認識她，可是覺得認識。從純藝術的角度，孟若得諾貝爾文學獎與否毫無影響。而女性對女性，孟若得諾貝爾文學獎我與有榮焉。

附錄三：與K散步

J十七歲那年，有天父親要他到他上班的保險公司去，不明講原因，只說他一定猜不到。到時J果然驚喜非常，原來父親介紹他認識了同事K，也就是以《蛻變》出名的作者。從那以後，J便時而到K的辦公室去找他聊天，不然就是約好了下班後在布拉格街上走走。

一天J到K的辦公室去，剛好K有事得走開一下，他隨手抓了桌上幾份日報給J，說馬上回來便出去了。J隨意瀏覽，發現一張角上有幅塗鴉，一個框框裡一個瘦長男子彎身直手直腿著地，好像螳螂。K回來後J把塗鴉給他看，玩笑問：「是《蛻變》裡的男主角嗎？」K微微彎腰伸直腿臂擺出螳螂人姿勢：「不更像我嗎？」

K身體不好，經常面色蒼白，有時咳得很厲害。他原本和一個木匠學木工，後來因為傷肺停了。他告訴J其實他很喜歡木工、園藝、農事，一切實際動手的工作，認為遠勝過表面上似乎比較優越的勞心工作。散步當中他們無話不談，K常有感而發說出深刻的話來。譬如不止一次，K說個人並不是自己，卻是東西、物件，聽憑外力擺布而無能為力。

一天傍晚兩人往K父母的房子（K和他們同住）走去，經過一座紀念堂，K突然說：「現在所有招牌都是掛假的，和真相一點關係都沒有。拿我來說，這時是要回家去，其實是爬上一個特別給自己設的牢。從外面看不過就是個普通中等人家，這反而更加殘酷。除了我自己，沒人看得出那是座牢。脫逃是不可能的。既然看不見鎖鏈，便不可能掙脫。這種囚禁外表上看來很正常，就是不會太過舒適的日常生活，從每一方面看來都好像是紮實持久的東西建造的。事實剛好相反，這種生活讓人跌進了深淵。表面上看不出來，不過一閉上眼就可以聽見那轟轟不絕的響聲。」

K經常坐在空空的大辦公桌後，駝背陷在椅子裡，臉色灰敗。誰都看得出這工作對他是折磨，可是若有人問他好不好，他總擺出愉快的樣子回答：「謝謝，我很好。」這公然的謊言讓J十分納悶，不敢問只好壓在心底。因為K是個最講求真相的人，在J心目中既是師也是友。直到有一天在公園裡，他們聽見兩個衣衫破爛的男女老乞丐交換乞討成果，雖然並不特別豐盛，但雙方都相當滿意。K於是談起快樂問題，從而談到自己的健康和工作：「當別人問及你的健康，等於提醒你死亡的事。身為病人，我尤其會想到那方面去。……你說我在辦公室裡相當受人敬重，可是我的工作不是一種職業，而是一種腐爛。每一種真正積極有目標讓人滿足的生活，有種火焰似的力量和光燦。但我做的是什麼呢？我坐在辦公室裡。那地方是個惡臭痛苦的工廠，裡面沒有任何快樂可言。所以我冷靜對問候我的人說謊，而不像個判了罪的人一樣轉身走開——我就是個判了罪的人。」

＊參考古斯塔夫・亞努赫（Gustav Janouch）《與卡夫卡對話》（*Conversations with Kafka*）寫成。

＊本文原應漫步文化出版社二〇一四年為紀念卡夫卡逝世九十週年而寫，收入《卡夫卡的42個魔幻時刻》裡。這裡稍作修改，因此小有不同。

九歌文庫 1280

如果有人問我世界是什麼形狀

作者　張讓
責任編輯　張晶惠
創辦人　蔡文甫
發行人　蔡澤玉
出版發行　九歌出版社有限公司
臺北市105八德路3段12巷57弄40號
電話／02-25776564・傳真／02-25789205
郵政劃撥／0112295-1
九歌文學網　www.chiuko.com.tw
印刷　晨捷印製股份有限公司
法律顧問　龍躍天律師・蕭雄淋律師・董安丹律師
初版　2018年4月
定價　**260元**

書號　F1280
ISBN　978-986-450-181-6
（缺頁、破損或裝訂錯誤，請寄回本公司更換）

國家圖書館出版品預行編目資料

如果有人問我世界是什麼形狀 / 張讓著. --
初版.-- 臺北市：九歌, 2018.04
面；14.8×21公分. --（九歌文庫；1280）

ISBN 978-986-450-181-6（平裝）

855 107003411